큰 글
한국문학선집

설정식 시선집

종(鐘)

일러두기

1. 원전에는 '한자[한글]'로 되어 있는 형태를 독자들의 이해를 돕기 위해 '한글(한자)'의 형식으로 모두 바꾸었다. 다만 제목의 경우, 한자를 삭제하고 한글로 표기하고 이를 각주를 달아 한자를 알아볼 수 있도록 하였다.
2. 원전에서 알아볼 수 없는 글자는 '●'으로 표시하였다.
3. 이해를 돕기 위하여 편집자 주를 달았다.
4. 이 책의 목차는 시 제목의 가나다순으로 배열하였다.

목 차

가을

바람속에
굴레가 그리운
말대가리 하나

언덕 아래로 아래로
들국화는 누구의 꽃들이냐

긴 이야기는
무슨 사연

오래 오래
갈대는 서로 의지하자

거리에서 들려주는 노래

—동무 만나기 전 가던 길 멈추고 발을 구르며 동생을 나무라는 노래

일어나라 일어나라 일어나!
냉큼 서거라 서라 동생아!
이 불쌍한 어린것아 두 다리가 부러졌느냐
어서 바삐 형이 일깨울 때 번득 일어나거라
그래서 그 널쪼각에 전선(電線) 토막 대인 병신(病身)
썰매를
앉아서 뭉갤 때 밀던 쇠꼬챙이와 함께 내어던지고
내 고함에 발맞춰 두 다리 쭉 뻗고 가슴 버티고
얼음 얼린 강판 위를 내달아라.

다름없는 권(圈)을 더듬어 구을으는 태양의 발산하는
빛이
같은 전주(電柱) 밑에 그 시각의 그림자 새길 때
나는 동무를 만났노라

'괴로운 자문자답(自問自答)에
가슴 쓰려 발 뻗다가
미닫이 뚫었네'
그는 이 한 쪼각 시(詩)를 주며 나에게 묻기에
부릅뜨고 소리질러 그에게 들려준 노래 있으니―

동무여! 정신(精神)을 가다듬어
크게 땅이 꺼지도록 갱생의 심호흡을 하라
그대는 그 숨의 탄력을 얻을지니 미닫이 뚫은 두 다리에
한아름 약골의 소아(小我)를 싣고 북악(北岳)에 오르라!
그대의 끓는 혈맥(血脈)의 피가
벗 디딘 두메에 쏟아져 통(通)할 때가 되면
루두형(漏斗形)¹⁾의 모든 심곡(深谷)²⁾에는 용암(溶
岩)이 불꽃을 품은 채 흘러내릴 것이니

그 속에 마땅히 그대의 쓰린 가슴의 소아(小我)를 던지라

미련(未練)과 모든 기억(記憶)도 함께 불사를지니 그리하면

영겁(永劫)으로 타가는 횃불은

머지않아 이 나라 소년(小年)들의 두 눈동자에 비치울 것이다.

그리고 아— 그 다음은 말할 수 없다.

군악보(軍樂譜)에 맞추어 소집나팔 소리 들려야 할 파고다공원(公園)3) 육각당(六角堂) 돌층계에

---

1) 정제화관에 속하며 병꽃나무의 꽃처럼 깔때기 모양인 것. 예) 메꽃의 화관
2) 깊은 골짜기.
3) 탑골공원(서울특별시 종로 2가에 있는 공원). 1919년 3월 1일 정오에 민족대표 33인의 독립선언서를 낭독했던 장소이기도 하다.

조선(朝鮮)을 잊은 조용한 아비시니야[4]의 노술사(老術士)가

동전(銅錢) 긁어모으던 손톱을 깎을 때

나는 동무를 만났노라

　'절로 넘어지면 울지 않고 일어나는
아가야

　너도 인간(人間)이 다 되었고나

　배고플 때 아플 때 엄마 없을 때

　어린 애기는 울음도 가지가지

　오— 창작가여 조고마한 시인이여'

그는 이 한 쪼각 시(詩)를 주며 나에게 묻기에

---

4) Abyssinia. 에티오피아의 옛 이름.

부릅뜨고 소리질러 그에게 들려준 노래 있으니—
동무여 들어라!
시인이란 그 공사(工事)에
무쇠의 근육과 울뚝 펼쳐진 가슴과 굳세인 허리와
그리고 맑고 깊은 눈동자를 가진 위대한 직공(職工)을
가르침이니
한 개의 인간이 창궁(蒼穹) 밑에서
얻을 수 있는 최대의 발견이 시(詩)인 것이다.
이 발견의 기록은 아예 어여쁜 대리석에 아로새길 것
이 아니라
모름지기 큰 은행나무에 쪼아둘 것이니
그리하면 그대의 노래는 자라는 나무와 함께 영원히
커질 것이다.

경5)아

헛간 뒤에
비닭이가 와서 운다

장마 거둔 오후 여덜시다
이월(二月)보다 해가 퍽 길어졌다

시방이사 어두어 온다
아직 네가 살어 있든 시간이다

네가 세상에 태어났을 때
나는 먼데서 일홈만 지었다

---

5) 卿

대관령 젓재 문재로 해서 내게로 왔을 때
유난이 흰 네 얼골은 필시 눈보라 탓이라 했다

다만 눈 코 입 귀 이마 그러니
네 얼골이 언니보다 입브다고만 하였다

네가 손발을 입사귀처럼 버리고 떠러질 때
아무도 받들어 주지 않드란 말이냐

네가 간 지 넉달밖에 되지 않는데
나는 웨 벌서 네 얼골이 상막하냐

어느 문(門)이고 열면 문턱마다 야직하다
아까샤[6] 바람이 휭 지나가는 방들이다

우리 경(卿)이 인제 기어단니기 좋은 집이라고 네 에미
걸레질 치든 긴 퇴마루다

차차 어두어지는데도 저 날즘승은
네가 아주 글러저 갈 때 저렇게 울었드라는구나

무 된 무 된 애비는 잠만 잣었다
웨 네 얼골이 잘 생각키지 않느냐

비닭이 소리 견듸기 어려우니 이사를 하재서
나는 여기 저기 집을 구해 보았다

---

6) あかす: 밝히다, 환하게 하다

네 간 뒤에 바다 건네서 어려운 사람들이 많이 와서
세집 구하기도 힘이 든다

까닭없이 떼를 쓰든 네 자근 오래비는
손발을 풀입새같이 버리고 시방 잠이 들었다

비닭이 우는 소리가 그쳤다
경(卿)아 너도 잘자거라

고향[7]

싸리 울타리에 나즉히 핀

박꽃에 옮겨나는 박호의 그림자

이윽고 숨어들고

희미한 달그림자에 어른거리던 박쥐의 긴 나래

뽕밭 너머로 사라질 때

할아버지여 지금도

마당에 내려앉아

고요히 모깃불을 피우시나이까

늦은 병아리 장독대에 삐악거리고

이른 마실 떠나는 소몰이꾼이

또랑길을 재촉할 때

---

7) 故鄕

곤히 잠들은 조카의 머리맡에
돌아앉아
할머니여 오늘 아침에도
이빠진 얼게[8]로 조용히
하이얀 머리를 빗으시나이까.

---

8) '얼레빗(빗살이 굵고 성긴 큰 빗)'의 함경 방언.

권력⁹⁾은 아무에게도 아니

바라노 데 코스타의 모반아(謀反¹⁰⁾兒) 착한 베니토
미라노의 옳은 주의를 위한 청년
어느새 그러나
안장에 올라앉더라니 아름다운 꿈
로마 진군(進軍)도 한 절반
로마는 벌써 축축하게 불안(不安)해서
암살 뒤 미다지

그림자 키가 또 어데서
환호 바람 함께 일어 아뿔싸
기나일진(騎羅¹¹⁾—陣¹²⁾)

---

9) 權力
10) 배반을 꾀함, 국가나 군주의 전복을 꾀함.
11) 말을 타고 그물을 치다.
12) 一陣: 군사의 한 무리

말굽소리보다 요란해

그 사이 그 인민(人民) 현란에 눈멀고

요란에 귀 어두워 아만(我慢)13)은

영웅과 함께 그예 마상(馬上)에 태어나고

폭군 일대기 시작되면서—

우리 생명 권력

한 손아귀에 쥐어졌더라

존엄이 내려앉은 산은

스스로의 무게에 위대하고

골은 높이 따라 깊어졌더라

---

13) 사만(四慢)의 하나. 스스로를 높여서 잘난 체하고 남을 업신여기는 마음.

열매 스스로의 무게에 떨어지고
맛은 스스로 다스려 흘러내리다

뉘 소리개의 가벼움을 사슬로 앗으며
뉘라 무례히 그 주권 화살로 떨구리

그 어른들 어느새 당(堂)에 듭시고
백매(白梅)14) 향그러운데
층계 층계 담총(擔銃)15)으로 정치(政治)를 베푸시고

백주(白晝)16) 글쎄 내 몸 샅샅 뒤지시니

---

14) 흰 매화.
15) 어깨에 총을 멤.
16) 대낮.

내 비록

대한(大韓) 삼천리(三千里) 반만년(半萬年) 무궁화(無窮花)

역사는 그리 아지 못게라도

허울 벗은 부락마다 느티나무 서고

게 반드시 동지 있을 것과

동지 뜻 느티나무 같을 것과

골마을 텅 비어 배고픈 것과

한발이 성홍열[17]보다 심한 때에도

---

17) 용혈성(溶血性)의 연쇄상 구균에 의한 법정(法定) 급성 전염병의 하나로, 흔히
    가을부터 겨울에 어린이들에게 유행하는 병이다. 주로 증상이 고열이 나고
    구토를 하며 두통·인두통·사지통·오한이 있고, 얼굴에 짙은 다홍빛을 띠는
    피부발진이 일어나므로 불리어졌다.

우물이 딱 하나 있는 거 잘 아는데 어찌
우리 생명 권력을
뉘게 함부로 주단말가

권력은 아무에게도 아니
주리 우리 생명 오직 하나인
자유를 위해서만 바치리
흘러간 물 다시 오듯이 명조(皿潮)
세포 고루 돌듯이 죽음이
달고 쓴 수액(樹液)으로 생명(生命)을
사월(四月)에 돌리듯이
스스로의 무게로 다시 돌아오는
자유사회(自由社會) 주권(主權)만을 세우리

그런 뜻이오 사랑이란둥

기실 이런 노래 저런 노래 부르기는 하오마는
이것은 다 당신과 함께였을 때 일이오
모진 인연은 시간을 끄으는 흐름과 같더이다
내 혼자 우두커니 그림자 아무짝 쓸데없는 선(善)이오
노래라니 하 어수선한 휘파람을 잘못 들은 게요

길이 멀더란 말이오
다만 아내의 집으로밖에 갈 데가 없더란 말이오
어휘 열 마디로 족한 아내의 집으로
그리하여 뜻에 맞지 않는 모든 것을 견디기 위하여

그런 뜻이오 사랑이란둥
민족이란둥 차디찬
어젯밤에 내 손등 우에 내 손바닥을 몸서리쳐 놓으면서

중얼댄 휘파람은 아니오마는
다못 견디고 산다는 뜻을 그렇게 표시했더라오

꺼질래야 꺼질 수 없는 까닭에
땅은 견디는 것이 아니겠소

그렇지 않다면 뜻은 무엇을 위하여
푸시시 푸른 풀은 해마다 돋소?
차마 떨어지지 못하여 견디는 하늘이오 하나 둘 셋
저 별을 보시구랴
해뜩 바라지게 웃고 달아나는 도로로사 아 사랑을
또 그대로 견디지 않으면 어떻게 하오

빌어먹을 년— 하면 이가 시린 바람이라면서?

소용 있소?
내게는 쩍 벌린 손바닥밖에 없으니
농담도 받아 당해야 되는구려
내가 진정 민족(民族)을 사랑할 줄 아오? 하지만서도―

당신이 만일 나라를 사랑한다고 입을 연다면
아
나는 그 욕도 견디기로 합니다
민족이란 돌아갈 데 없는 사람들이란 말이오
뜻에 맞지 않는 아내의 집으로 돌아온 사람들이
고독한 것을 견딘다는 사실(史實)[18]이오

---

18) 실제로 있는 역사적 사실(事實).

나라 아 좋소

또 사랑이란
슬픈 것을 견디는 수고요
그렇기에 나는
민족을 아노라 하오
더 슬퍼하는 것은 그 뒷일이오
짐을 놓은 어깨너머로 쉬어 넘는 바람들이오

내가 노래한다는 것은
내가 당신에게 안겼다는 말과 다른 것이 없겠소
민족도 사랑도 주권도
내 가슴에 안긴 당신의 첫날밤이오 또 마지막날 밤이오

민족(民族)의 사랑
나래와 같이 가벼운 짐 자유(自由)가 아니오?
떨어질래야 떨어지지 않는
그리고 스스로 견디는 나래가 아니오?

기르기를 즐긴다는 오월 태양[19]과

비린내 나는 정갱이
할닥어리는 병아리 가슴으로
뛰는 '마라송'[20]
슬픈 소년(少年)의 자유(自由) 밖에도
하늘을
치어다 볼 수 있는
또 하나의 자유(自由)가
아직 우리들에게 남었기로서

낳고 기르기를 즐긴다는
오월 태양(五月 太陽)과 어진 하늘을
우리는 믿었기에

---

19) 五月 太陽
20) 마라톤을 일컫는 전라도 말.

작약(芍藥)이 필 때까지도
머므르지 못할
너 잠시 들른 오월(五月)

정말 친일파(親日派) 때문이라고 웨쳐도21)

혁명가(革命家)에게는
시다 피해야 될 암흑(暗黑)이 있어야 하겠대도
고지 안듣는 해괴망칙한 곳이
남부 조선(南部 朝鮮)이라면
너는 그래도 알 것이 아니냐

---

21) 외쳐도

오는 해

리라꽃22)이 만발할 때에

하늘을

아 너를 치어다 보던 얼골이

다 보이지 않거던 진달래 붉은 넋은

근로하다 쓸어진

생주검들인 줄만 알고

쓸어져도 쓸어져도 그러나

두견(杜鵑)이 울거던

구비치는 진달래

파도는 무덤들이 아니라

---

22) 라일락(lilac).

눌리고 짓눌려서
한데 엉긴 붉은 인민(人民)의
심장(心臟)인 줄만 알어라

내 이제 무엇을 근심하리오

호올로 설 수밖에 없고 또
호을로 도저히 설 수 없는
해바라기
매듭도 없는 줄거리는
내 스스로든지
혹 다른 이든지
혹 비겁이든지 슬픔이든지
어쨌든 약함이어
그러나 또 견디는 것이기에

내 이제 무엇을 근심하리오
열겹 스무겹
백겹 천겹으로
해바라기

호을로 서 있음을
만겹 백만겹으로 싸고 또
싸돌아가면서 깍지 낀 그대들의
두터운 어깨는
태산이 아니오?

태산이오
태산, 태산같이 큰
저 위대한 주권의 은총이니
Ipse dixit[23]
이십 년 삼십 년을
바위를 흙가루인 양

_____
23) 독단적인 주장.

꾸역꾸역 밀고 일어선 송백(松栢)24)이오

그 넓고 든든한 잔등에

내 업히어

겨우 바람을 피하는

여윈 넝쿨일지라도

내 이제 무엇을 근심하리오

강함과 약함이

하나인 영도권(領導權)25)이오 또

지도자인 그대여

그 말이 있거늘

다만 죽음 직전까지

---

24) 소나무와 잣나무를 아울러 이르는 말.
25) 앞장서서 이끌고 지도하는 권한.

복무(服務)²⁶⁾ 있을 뿐이외다

낙동강이 또 두만강이
가까이 내 발을 씻고 흐르고
인민과
인민의 영도자가 계시고
그 우에 하늘이
비를 아끼지 않거늘
내 몇 방울 피를 아껴 무삼하리오

흘린 보람 없이
내 그냥 가더라도 흘린 보람이

---

26) 몸 바쳐 이바지함. 어떤 직무나 임무에 힘씀.

내 아들
아들의 아들에게 돌아갈 것을 믿고
눈감아도 좋을 것이옵니다.

단장27)

남산율율(南山律律) 표풍발발(慓風發發)
민막불곡(民莫不穀) 아독하해(我獨何害)28)

영동(瀛東)29) 만리외(萬里外)나
꿈은 지척에 청송(靑松)이었사옵고
여윈 학(鶴)이언가 의관을 가추시니
당신과 하마 유명(幽冥)30)에러니다

홋 그림자 더부러
오사사 치운 이슬

---

27) 斷章
28) 『시경(詩經)』 「소아(小雅)」에 나오는 말로, "남산은 우뚝 솟아 회오리 바람
   몰아치고, 남들은 그럭저럭 잘 지내는데 나만 홀로 이리도 못 사는가"로 풀이
   된다.
29) 동쪽 바다.
30) 깊숙하고 어두움. 저승.

밟고 밟아 헤맨 방랑사성년(放浪四星年)을

오느라 오느라 한 길
오호(嗚呼) 불빙(不憑)31)하고
싱싱한 숭어 꼬리치고 오르는
한류(漢流)로 남남동(南南東)

시흥(始興) 서푸리
뫼밭 자토 봉분(赭土 封墳)에러니다

자주(慈主)32) 호올로 서시거늘
손톱을 당겨 눈초(嫩草)33) 부여 뜻다니

---

31) 의지하지 아니하다.
32) 편지 따위에서 어머님이란 뜻으로 쓰임.

아 하늘은 다시 불효(不孝)내시나 합니다

자식을 낳아 안고 울음 듯자오면
하 아조 가신 것은 진정 아니오라도
일홈 뉘 지으실거온지
역시 가시고 아니 게시옵니다

---
33) 새로 눈이 터서 나온 풀.

단조³⁴⁾

겨레여 벗이어 부끄러움이어

법(法)이여 주의(主義)여 아름다운 사상(思想)이어

그리고 새로운 어지러움이어

실명(失明)하겠도다

돌담 묻어지 듯하는 머리속이어

아 낙엽(落葉)이로다!

희망(希望)은 흐름을 따라 헤염치다

입술에 다었다 떠러지는

포도의 악착이어

이 저린 회한(悔恨)³⁵⁾이어

나래치면 바람 항상 일드시

닷는 곳마다 피안(彼岸)36)은 뻗었도다

아름다우리라 하든
붉은 등(燈)은 도리혀
독한 부나븨37)
가슴 가슴 달려드는구나

무서운 희롱(戱弄)이로다
누가 와서 버려놓은 노름판이냐

겨레여 벗이어 부끄러움이어
아 숨가빠 반(半)옥타브만 나추려므나

---

36) 불교에서 쓰는 말로 사바세계 저쪽에 잇는 깨달음의 세계를 말한다.
37) 불나방.

그러나 너 존엄한 주권(主權)이어
무명(無明)은 기다리라
드을에 불이 붙었으되
'The bush was not consumed!'[38]

자근 자근 도리는
잇발의 헛된 공로여

모든 수목(樹木)이 쓰러저도
날새는 벌서 하늘에 떴다.

---

38) 덤불(수풀)은 불에 타지 않았다.

마(魔)39)의 음모래도 어림도 없이
내 팔은 가지런이 드리웠고 그래도
기침도 하는도다

이리 들어오시지오 제씨(諸氏)40)
기우리시지오 그대의 온축(蘊蓄)41)을
그것은 요령만 말슴하시지
오급사지궐문(吾及史之闕文)42)이라 하였는데
아 어찌 그렇게 다 아시나뇨

---

39) 마귀.
40) 주로 누구누구라고 열거한 성명 또는 직업과 관련된 명사 뒤에 붙어 '여러분'의
    뜻으로 쓰는 말.
41) 마음에 깊이 쌓아둠.
42) 『논어』「위령공」편 25장에 나오는 구절로 "사관(史官)은 분명하지 않은 부분
    의 글을 빼놓고 기록하지 않는다"로 풀이된다.

이리 나가시지 제씨(諸氏)!

보시기 매우 측은한 우리들은

알마치 국궁(鞠躬)43) 읍조리오리니

민족(民族)을 'AD CAPTANDUM'44)

이 테두른 관(冠)을 쓰시랴니까

---

43) 몸을 굽히다.
44) 인기를 끌기 위한, 선정적인.

달

바람이

모든 꽃의 절개(節介)를 지키듯이

그리고 모든 열매를 주인(主人)의 집에 안아들이듯이

아름다운 내 피의 순환(循環)을 다스리는

너 태초(太初)의 약속이어

그믐일지언정 부디

내 품에 안길 사람은 잊지 말아다오

잎새라 가장귀45)라 불고 지나가도 종내46)사

열매에 잠드는 바람같이

바다를 쓸고 밀어 다스리는

너 그믐밤을 가로맡은 섭리여

그 사람마저 나를 버리더라도 부디

---

45) 나뭇가지의 갈라진 부분, 또는 그렇게 생긴 나뭇가지.
46) 從來. 이전부터 지금까지.

아름다운 내 피에 흘러들어와
함께 잠들기를 잊지 말아다오

동해수난[47]

너는 나보다 작고 또 작은데
자꾸 달라는 것이 허무하구나

내가 너를 업고 네가 내게 업혔는데
우리는 어찌하여 구름같이 가벼우냐

꾸어다 먹은 보리쌀을 갚지 못하여
산(山)은 푸르지 못하는 것이냐

아가 텅 비인 아가
내 품속같이 텅 비인 아가

---

47) 童孩受難(어린아이는 괴롭힘을 받는다).

길은 원래 십리라 먼 것이 아닌데
너는 어느새 나를 닮았느냐

수수깡을 짜먹느라고
네 이빨은 벌써 하얗게 늙었느냐

그러나 아가
이불보다 두터운 밤이 올 게다

가벼운 것을 즐기며
죽은 듯이 같이 자자 그러면

내일 아침
참새를 잡아주마

광주리 덫을 놓고
온 하늘에 참새를 다 잡아주마 그리고

내년에도 겨울은 올 게다
눈이 오시거들랑 묵한 메주도 쑤자

수수깡 껍질에 메주콩을 끼어
너와 나의 심사(心思) 같은 눈 속에 파묻었다 주마

아가 텅 비인 아가
아 병(病) 없이 시드는 아이에겐 밥이 약인데
해는 어쩌자고 다시 길어지는 것이냐

또 하나 다른 태양

강동지와 조밥을 곰방술[48]로 퍼먹고 자라던 그때부터 봉선화씨를 퉁기는 너의 힘을 나는 알아왔다

그리고 네가 물 우에 흙과 흙 밑에 물과 또 짜고 슴슴한 바람과 더불어 나의 피를 빚어주기에 무한한 노력을 한 것도 잘 안다.

애초에 인간이 스스로의 이마를 쪼아서 뚫어 발견한 창(窓)같이 석류열매가 또한 스스로의 세계의 개벽(開闢)을 가르는 것을 볼 때마다
그리고 밤송아리[49] 터질 때마다
나는 그들의 뒤에 누워 있는 너의 권위에 습복(褶

---

48) 〈북한어〉 자루가 짧은 숟가락.
49) '밤송이'의 전남, 충청 방언.

服)⁵⁰⁾하였다

 그러나 무자비한 태양이여
 나는 너의 평등에
 항시 불평이었다

 네가 억울하고 무자비하였기에
 네가 태울 것을 태우지 않고 사를 것을 사르지 않았기에
 허영을 질투를 그리고 증오를 나는 숭상하지 않을 수
없었다.

 그러므로 네가 매운 강동지와 깡조밥을 빚어

---

50) '慴服'의 오기. 두려워서 굴복함. 또는 황송하여 엎드림.

가장 수고로이 부어줄 때에도 그 잔(盞)은
마시면 내 혀는 나를 속이기만 하였다
그리하여 피는 슬프게도 생명에서 유리되고 말았다
피는 슬프게도 짐승에게로 가까이 흘렀다

다시 말하거니와
무자비한 태양이여
나는 네가 임금(林檎)을 시굴게 또 달게 그리고 또
떨어뜨리는 권력을 가지고 있는 것도 잘 알았다 하나
나는 네가 네 자신밖에 태우지 못하는 슬픔인 줄은
몰랐다

내 눈앞에서 또 한 개의 임금(林檎)이 떨어진다 그러나
죽음으로밖에 떨어질 데 없는 나의 육체는

떨어지지도 않으면서 심히 무겁구나 무엇이 들어찼느
냐 과연 그러나

이제 모든 실오라기와
너의 지난 세월의 나의 긴 누더기를 벗어버리고
버렸던 탯줄을 찾아 찾은 배꼽을 네 얼굴에 비비련다
그러면 또 하나 다른 태양
나의 가능한 아내 속에

과연 자비는 원형을 들어내어
너에게로부터
나에게로 옮겨다 맡길 것이냐

묘지

새로운 나무토막 비(碑)들이
눈에 밟히는
기척 없는 시월 한낮

멀건 어느 이야기 속 땅 같은 이곳에서
스스로의 숨소리를 두려워할 즈음
여기
하얀 소나무 관 내음새 풍긴다

무51)

연륜같이 자라는 허리를
끌어안아서 모자랄 허리를
땀으로 깎으면서 육체는
청죽(靑竹)52)에 필적하여 가다가

피부는 온통 잠을 깨고
잠재우기 저렇게 어려운 분노를
끌어안기가 힘이 들어 쪼개지는
살은 연륜을 타고 청춘 때문에 자꾸 자라서

머리를 치어드는 것
하늘이 무거운 것을 받드는 것으로 하며

---

51) 舞(춤출 무).
52) 취죽(翠竹, 푸른 대나무).

어깨를 들기 전에 육부(六腑)를 비틀고
육부를 비틀기 전에 청춘은
배꼽에 사모쳐

한 팔을 드는 것
지평선에 가즈런 하여
폭압을 견디는 어깨들과
책임을 하나로써 하며

한걸음 옮겨놓되 사랑이 깰까
저어하는 시늉인가 시늉도 아닌 것은
맵시 이전을 밟고 선
조국 땅일 게라 사뿐 떼는 길
천리가 지척인 유배길

낮추어서 죽은 듯이 우리 호흡을
주검에 가차이 낮추어서 그리는
포물선은 등허리
돌아앉은 강산을 넘어
우리 함께 가는 길일 게라

조국으로 가는 길
어데 감히 응지(凝脂)53) 들어설 자리 있으리
다만 땀으로 깎은 육체는 청죽(靑竹)
청죽(靑竹)마저 멀리 물려놓고
다만 무거이 뜨는 눈

---

53) 凝脂(엉길 응, 기름 지).

하늘에 성신(星晨)54)을 들이삼킨
눈으로 마주치는
우리들 잠을 버린 눈으로써
다만 내일의 조명을 삼는 게라

---

54) 별.

무심[55]

—여운형(呂運亨)[56] 선생 작고하신 날 밤

절명[57]
고위지제지현(故謂之帝之懸)[58]이 해(解)이로다

그러나 다사한 말을 다 그만두고
고인에 대한 모든 판단을 중심하자

그러자 어두워지는 천상(天上)에
폭풍 이전의 정식(靜息)[59]이 가로놓인다

---

55) 無心
56) 1886~1947. 독립운동가·언론가·정치가. 대한민국 임시 정부 조직에 참가했
   으며, 조선중앙일보사 초대 사장으로, 광복 후 건국준비위원회 위원장에 취임
   하여 좌우익의 합작을 추진하다가 1947년 암살당했다.
57) 絕命(목숨이 끊어짐).
58) 천자(天子).
59) 고요히 쉼.

등불이 잠시 꺼졌다
우연히 이렇게 태허(太虛)⁶⁰⁾에 필적할 수가 있느냐

산천이 의구한들 미숙한 포도
오늘밤에 과연 안전할까

우두커니 앉았음은
방막(厖莫)한⁶¹⁾ 땅이냐 슬퍼하는 것이냐

오호 내일 아침 태양은
기어이 암흑의 기원이 되고 마는 것이냐

---

60) 하늘을 일컫는 말.
61) 두텁게 덮여 있는.

물 긷는 저녁

해 저물어 개로 떨어지는 물소리 맑아가고
마을 아주머니네
다림질할 흰옷을
이리저리 풀밭에 널 때
베적삼 긴 고름을 씹는 처자(處子)의 두 눈동자는
이상한 살결의 용솟음으로 짙게 타오른다
매태62) 낀 우물 귀틀에
두레박줄 잠깐 멈추고
물 우에 가늘게 흔드는 흐릿한 모션에
영롱한 꿈 맺어보다가
치마 속으로 삿붓이 흘러드는 바람결에 놀라
주춤하고 둘레를 살피며
울렁거리는 두 가슴에 손을 얹는다.

---

62) 莓苔. 이끼(선태식물에 속하는 은화식물을 통틀어 이르는 말).

바다(1)

물에 종일
피를 기다리는 칼소리 높은
잔치가 버러져도

잠잣코 도라갓다가
다시 오는 바다
항상 미역줄기와 같은
패배(敗北)를 실어다 주곤 하는 바다

다칠 문(門)도 없었거니와
바다는 또한 너의⁶³⁾들의 피비린내도
씻어 주었다

---

63) '너희'의 잘못.

그리고 물에 다시 떠러지는
심연(深淵)이 있었으면
바다는 항상 밤으로 하여금 받들게 하고 또
패배(敗北)로 하여금
미역줄기와 더부러 떠나게 하고

다시 말없이 도라갔다가 도라온
아희들로 하여금
별과 같은 조개껍질을 줍게 하였다

바다(2)

'나의 영원한 님
가시는 길에——'

바다
십년(十年) 전에 흘러간 바다

'안녕하소서——'
누어서 간 바다

나를 속인 바다
네가 나를 속인 바다
밤이면 해돋기를 기다리고
해돋으면 밤들기를 기다리던 바다
달리 별수없이 멀던 바다

붉은 아가웨 열매를

푸른 하늘보다
더 푸른 잎새보다
더 푸른 청춘을
어찌하여
모란 모란 모란도 아닌 것을
모란보다 더 붉은
피로만 적셔야 하며

붉은 모란보다
더 붉은 입술보다
더 붉은 사랑을
어찌하여
이글이글 타는 불도 아닌 것을
너는 도리어 화약을 퍼부어

헛되이 이십(二十)을 익어
헛된 젖가슴을
헛되이 식어가는 젖가슴을—

청춘은 잘 먹기 위하여 있었고
잘 자기 위하여 있었고
청춘은
서로 함께 발을 벗고
흙을 밟기 위하였고
청춘은 아 서로 함께 끌어안기 위함인데

어찌하여 이곳에
청춘은
견디기만 위하여 있고

팔목이 그리워 내 팔목이

고향같이 그리워 찾아오는 포리(捕吏)⁶⁴⁾가 있어

새우잠을 이리저리

뜬눈으로 밤을 새워야만 하며

어찌하여 손톱까지 무기로 써야 하며

청춘은

아 어찌하여 이렇게도

몰라보게 되었느냐

상추쌈에 사랑같이 매운 풋마늘 맛을

솎은 배추에 두릅나물이며

아리배배한 무릇 한번 실컷

---

64) 조선시대 포도청이나 지방 관아에 속해 죄인을 잡아들이는 일을 맡아보던
구실아치.

사랑같이 씁쓸하여도 보지 못하고
오월도 모르고
칠월도 모르고
팔월이면 으레히 바다건만 바다도
사랑같이 따거운 모래찜질도 모르고
갈 길이 바쁜 듯이 가고 또 가는 청춘이
하나도 아니요 둘도 아니요 셋도 아닌 땅

푸른 풀
푸른 드을이여
몸부림쳐 문질러
뜨거운 것을 조직하라
남조선에 푸른 것이여
네 어찌 다만 미래같이 푸르고만 있으랴

그리고 너 이름 가진 온통 모든 꽃들은
하늘이 까맣게 새까맣게
성신(星晨)을 얽어놓듯
산 우에서와 산 아래
구릉 이쪽에서 구릉 저쪽에
한가지 꿀을 조직하라
네 어찌 무슨 염치로 유독
요란하게 돌아앉아
몰라보게 되어가는 산천을 모른다 하랴

굴뚝에 까치가 집을 짓는 곳
이곳은 남조선
풍부하게 배부른 아내가 어찌하여 귀찮은 곳
내일을 기약하기 힘든 밤이 간신히 지새면

밤을 기다리기 십년 같은 곳
이곳에서 날새들은
뿔뿔이 흩어져 울어서는 아니 되겠다
어머님 땅이 깊이 깊이
모든 뿌리를 얽어놓듯
아래서부터 우으로
우에서부터 아래로
밤에서 낮으로 낮에서 밤으로
한가지 노래를 조직하라
네 어찌 무슨 낯으로 저 흔하고 흔한
총알을 혼자서만 두려워하랴

가자
가자 이렇게 푸르고 또 뜨겁게 하며

꿀과 노래로 청춘과 총알 사이로 가자
뻐근하게 살아갈 보람도 있는
삶을 조상하며 또 꿀범벅 피범벅
붉은 아가웨65) 열매를 삼키면서
남조선으로 가자

---

65) 아가위(산사자, 산사나무의 열매).

빛을 잃고 그 드높은 언덕을

—'청춘(靑春)' 중(中)의 일절(一節)—

열린 곬자구니⁶⁶⁾로 치올려 부는 바람은 치맛자락과 함께 불어와서 잠들었든 산도야지 정갱이를 뛰게 하는 게 아니면 강으로 내다은 불길이든가 화닥 그은 부싯돌에 타서 끊기 시작한 시커먼 피 흐르는 깊은 강물이 옛날부터 구비쳤다 그는 이러나서 두 손으로 덥석 느러진 그의 억개를 웅켜 잡고 그를 돌려 앉히면서

'그래 그래 바람인 줄 알었서 바람이 바람이 불어와서 비가 퍼부으랴구 문짝이 북처럼 우는 줄 알었지 않소 북을 두드리랴 아 잘왔다 잘왔지 내가 잘왔지'

하면서 그의 억개를 흔들었다

그의 더운 손바닥에서 흘러오는 체온을 억개에서 가슴으로 가슴에서 배로 배에서 아랫배로 더운 비같이

---

66) '골짜기'의 방언(강원, 경기, 경상, 충청).

흘리면서 그는 눈을 감았다

눈을 감고 몸이 흔들리는 대로 또 보이지 않게 머리를 흔들었다 그는 그를 끌어 안았다 부둥켜 안고 아찔하면서 어디멘가 풀석하고 넘어지는 것을 깨달았다 그의 정신은 떨었다 그리고 몸은 몸대로 풀어졌다 풀어저서 언덕에서 구을렀다 네 잘왔에요 잘왔으니까 다시는 쫏지 마세요 참 잘오셨에요 네 이 숲을 속으로 들어오세요 아 그러나 어쩌나 집에 못 가면 어쩌나 아이구 이렇게 미시문 어떻게 하나요 모르겠네

'어찌되는건지' 모르겠네

이렇게 숲속이 더워서 어떻게 해요 저 혼자에요 혼자 왔으니까 죽이지 마세요 혼자 가시지 않죠 인젠 혼자 가시진 못하죠 혼자 떠나가시문 이렇게 혼자 떨리겠죠 아 가만 게세요 저기 산돼지가 곤두박질을 치면서

다라나는군요 피를 흘리면서

어디에요 여기가 네?

알겠서요

아 그러지 마세요

멀리 갔다 왔에요 멀리 가지 마세요 네?

어디루 가요 아이구 이렇게 가만 있어두 작구만 떠나가요

내리 디디세요

물속이 웨 이리 깊어요 허리에 차네 아니 억개로 넘네

아 빠지믄 어떻게 하나 빠지믄 어떻게 하나

아 숨이 맥히네 이게 화산 속에서 흘러온 유황(硫黃)물이죠

헤염67)을 처 보아야죠 언덕으로 올라가 보아야죠

아 언덕이 아득하게 바라다 뵈네

저기 저 강변이죠

이렇게 반듯하게 누어 있으면 눈을 감어도 별들이 반짝이는게 보이는군요

밤중에 별이 사람을 호려간대죠 그래서 애들이 참 모두 집으로 가드군요 나무 밑에서 밀감을 먹었드니 어찌 시든지 그래 그만 울었에요

아 어쩌믄 조와요 그래 소리를 쳤죠

소리 소 소리

아 내가 이게 무슨 소린가

그러면서 별들이 희미하게 빛을 잃고 그 드높은 언덕 넘어로 밋그러지듯 넘어가는구만

---

67) '헤엄'의 북한어.

사⁶⁸⁾

신촌(新村) 숲속에

그때도 아마 장마가 졌던가보

이렇게 곰팡내 나는 데서

형(兄)은 가로 나는 세로 누워도

한창 물이 오르던

우리들의 살내음새에 엉겨

곰팡내가 그때는

얼마나 구수했소

아침이면 서로

찬물을 등에 끼얹고

밤이면 형(兄)은

---

68) 死

『빵의 착취』⁶⁹⁾랑 읽고

싸움은 왜사 일어났던지

날아들어온 날짐승을

형(兄)은 아마 죽이자커니

나는 그대로

내버려두자커니 했던가보

풀밭에 오죽잖은 꽃을

가려 디디면

약(弱)하다고 나무라고

『에픽틔더쓰』를 읽는 것은

---

69) 표트르 알렉세예비치 크로포트킨(Pyotr Alekseyevich Kropotkin)에 의해 쓰여진 『The Conquest of Bread』(1892)로 추정됨.

허(虛)한 탓이라 또 웃으면서
도서관에서 내려오며 던지던 것은
아마도 『유일자(唯一者)와 그 소유(所有)』70) 던가보

푸른 스무 살
십오년전(十五年前) 일이오
내가 무얼 알았겠소 해도 형(兄)은 내 요설(饒舌)71)에
성현(聖賢) 앞에 사람같이 고요하였기
혼자 돌아누워
나는 진실로 부끄러웠소

---

70) 『Der Einzige und sein Eigentum』(1844). 슈티르너의 주요 저서로 기독교
    적 종교, 독일의 관념론, 특히 헤겔, 바우어, 나아가 포이어바흐의 인간주의(사
    회주의)를 기반으로 하는 사상적 총괄문서라는 성격을 지닌다.
71) 쓸데없이 말을 많이 함.

진인(眞人)[72]이었기 죽었구려
저들같이 약빠른 요령이 있었던들
굶주리지는 않았을 게고
굶주리지 않았던들
객혈(喀血)은 시작되지 않았을 것이오

서로 젊었기에 그랬던가
영혼에 관해선 서로
얘기도 못하고 말았구려
영혼이란 진정 계신 걸지
그러나 계시단들 무엇이오
형(兄)은 깨끗이 살았으니 소용없을 게고

---

72) 도를 깨쳐 깊은 진리를 깨달은 사람을 일컫는 말.

나는 비열(卑劣)하기
도리어 계실까 두려웁소

형(兄)이 신의주(新義州)에서 잡혀 들어갔을 때에도
뭣이 그리 바빠
뭬 더 아쉬워 헤매였던지 인차
가보지 못한 나에게
먼 나라로 떠나갈 때 그래도
사치스런 도피였건만 형(兄)은
긴 편지를 썼더랬소그려
지난 이월
자당(慈堂)73)이 피대(皮帶)74)에 감겨 돌아가신 이야

---

73) 남의 어머니를 높여 부르는 말.
74) 벨트(두 개의 바퀴에 걸어 동력을 전하는 띠 모양의 물건).

기를 하던
　형(兄)의 모습이 저 방에 선하오
　괴로운 표정이라곤

　그날 밤에 처음 보았소
　그 밤에 다시 객혈(喀血)을 했을 때
　돌소금을 빨아서 입에 넣어주고
　늦잠을 자기
　계란 네 개를 삶아놓고 나간 것이 그러고 보니
　마지막 작별이었구려

　그날 밤에도 형(兄)은 다시
　'빵의 착취'를 이야기하고
　조선은

우리들 이상대로 될 수 있다 하였고
진정한 '볼셰비키'[75]와 악수할 것을
부낙운동(部落運動)을 농민조합(農民組合)을
'테크노크라시'[76]
그리고 농촌전화(農村電化)까지 꿈꾸고
잡지이름은 '흑기(黑旗)'라 하자커니
남해(南海)는 '자유사회(自由社會)'라 하자커니 하였
더니
이 장마에 땅속에서 무얼 하오

---

75) Bol'sheviki. 다수파라는 뜻으로, 1903년 재2회 러시아 사회민주노동당대회
   에 레닌을 지지한 급진파를 이르는 말. 1917년 10월 혁명을 지도하여 정권을
   장악하고, 1918년 당명을 '러시아 공산당'으로 바꾸었고 1952년 '소비에트
   연방 공산당'으로 바꾸었다가 1990년 소련의 해체와 함께 해산되었다.
76) Technocracy. 기술과 관료의 합성어로 전문적 지식이나 과학기술 등에 지배
   를 받는 것을 말한다.

아름다웁던 그 두 눈 속에도
흙이 들어찼겠구려 그래도

죽었으니 괴롭지나 정녕 않은지 알고지오

나보다 몇 해 연장이던가
그것도 모르고 지내왔구려
얼마 전 일이오 어느 신문사에서
'카드'를 보내고 우인란(友人欄)을 두었기
단 한줄 이영진(李英珍)이라 적었더랬는데
이제
내 손으로 가서
붉은 줄을 그어내려야 하겠구려

삼내 새로운 밧줄이 느리우다 만 날

궁(窮)한 쥐 이빨 살에 박히다 만 날
붉은 벽돌담 그림자 밑에
삼내 새로운 밧줄이 교수대에 느리우다 만 날
늦게라도 팔월(八月)은 당도하였다.

날이 밝아서 황토에 봄이었다
봄 봄이 아니라 삼십도 삼동(三冬)⁷⁷⁾인들
그보다 한 태풍이라도
태풍 아니라 지진이라도
아 할애비 애비 손자새끼의
원수가 넘어졌다는 것으로
아무게라도 바꾸자

---

77) 보통 '겨울의 석 달', 또는 '세 해의 겨울'을 뜻하는데, 여기서는 기나긴 겨울을
    의미한다.

모든 창(窓)과 문(門)빗장을 열어놓은 팔월(八月)

병실에서 창루(娼樓)78)에서 사무실에서

서재에서 감옥에서

그리고 끓는 물 제사장(製絲場)79)에서

바퀴 바퀴 피대(皮帶)는 실컷 공전(空轉)80)을 하라

해바라기꽃이 드높이 펴서

돌아오라 백정(白丁)

좋다 묵은 터에서 쌀밥 먹던 생각을 할 놈도

---

78) 기루(妓樓, 창기(娼妓)를 두고 영업하는 집).

79) 製絲場(고치 등에서 실을 뽑아내는 곳).

80) 기계나 바퀴 따위가 헛돎. 여기에서는 일이나 행동이 헛되이 진행됨을 뜻함.

같이 팔월(八月) 새 하늘
무당 앉은뱅이 유걸이 판수
아
막대는 짚어 무얼 하느냐
아무데 엎어져도 우리들의 황토
실컷 한 동이 먹으러 가자

여름이 가고 가을이 오고 가을이 가고 겨울이 오고
겨울이 가고 봄이 올 뿐이요
해바라기는 어데 가서 피었는지 분간 못할 백야(白夜)

하였으되
이것은 꿈이냐
맑아지지 않는 백야(白夜)는 긴 꿈이냐

새 그릇에 담은 노래

시월 비내린 삼십리 두메
아버지 밤새워 갔다네
뫼밭에 이삭 거둬 빚 갚아주려.

먹어보라고
언덕 너머 방축(防築)81)에 딸기 따오던
학성의 누나 시집갔다네.

고암산(高岩山) 너머로 숫굽이 간다고
겹저고리에 솜 두는 밤
간난이 어머니도 일이 많았네.

---

81) '방죽'의 원말.

‘돈 있어야지—’
두 눈을 가늘게 뜨며
동무는 외우더니 다시 감아버리네.

아버지 기침이 성해질
겨울이 오고
덧문 닫힌 방안에 국화 시드네.

경매당할 터인데 두어서 무엇하리
아카시아 짜르다가
가시 찔렸네.

빈대피 묻은
헌 신문 초단기사(初段記事)는

륭무당(隆武堂)82) 헐린 소식이러라.

수이조합(水利組合)83) 또랑 난다고
밤마다 모이면
근심하던 농부(農夫)들과 섞이던 여름.

---

82) 경덕궁의 융복전 동쪽에 위치한 내원(內苑) 별당이며 관사대(觀射臺)가 있다.
83) 어느 지역 안의 토지 소유자.

샘물

처녀야
하루의 물레 손을 그만 쉬고
이제 쉬일 때가 되었다
어머니의 그 질항아리를 이고
어서 너의 집에서 나오너라
모두들 불놀이 간다는 저녁이다
나와 함께 너는
저 숲으로 가보지 않으려느냐
별빛이 총총 내려뿌리는 저기
아무도 다치지 않은 평화가 있다는 그곳으로
우리들의 마른 풀포기에 끼얹을
샘물 길으러 가지 않으려느냐

서울

비탈도 골짜구니도 없는
서울 거리로
사냥꾼들이 몰이를 갔다

쑥갓이 흔하던 ○월 ○일
그들은 조국을 ○○질하였다

○월 ○일은
모란꽃이 지기 전이었다
그것은
청년들이 ×검을 배우던 날이다

×검을
씨름같이 배우던 날이다

모란꽃이 지기 전에
청년들은
옆구리가 ×어진 다음에도
한발 더 나가서 쓰러졌다

송가⁸⁴⁾

주검을 끌어안고

노래하는 땅이어

노래하며 또 호곡(號哭)⁸⁵⁾하지 않을 수 없는 나라여

나라를 맞이하는 노래와

나라를 보내는 통곡이 조용히 끝이 나면

청춘을 고이 받아

두터이 묻어주는 고마운 흙이어

그러나 또다시 노래와 통곡을

길게 길게 전하는

골짜구니의 종심(縱深)⁸⁶⁾이어

네 어찌 다만 산이요 드을이라

---

84) 頌歌(공덕을 찬미하는 노래)
85) 목놓아 슬피 욺.
86) 구성 단위를 포함하여 대형(隊形)의 앞에서 뒤끝까지의 길이. 개인의 중심은
   몸 앞면에서 뒷면까지 길이를 이르며, 20CM로 계산된다.

엎드리면 심장이오

또 쓰러져 누우면

떳떳한 조국이라

우리들 함께 아는

진리와 영원은

바위에 새긴 죽은 율법이 아니라

저마다 끌어안은 주검이라

최후를 모르고

주검을 놓지 않음이니

놓았다 하라 벌써

영원에 다음이요

오는 생명을 위한 번식의 시초라

다만 아지 못할 동족이 있어

살 베이고 뼈 앗음을 일삼아

지속을 자르다 그러나

잘라도 잘라도 크는

청춘의 육체는 흙이라

악에 모반하는 뿌리를 지키기 위하여

흙은 숨을 쉬고 자지 않음이라 다만

야차(夜叉)87)와 같은 동족이 있어

역사에 밀린 단층의 최후를

세뻠 칼끝으로 지탱하려고

매암돌이 몸부림치는 너 비리(非理)

둔천배정(遁天背情)88)의 희생은 다만

---

87) 형모가 추괴한 하늘을 날아다니며 사람을 잡아먹고 상해를 입힌다는 잔인하고
　　혹독한 귀신. 번뇌의 상징.
88) 遁天背情(숨을 둔/하늘 천/등 배/뜻 정).

떨어져 죽지 않는 포도라

청춘의 넋의 약하고 또 강함이어

그대 위하여 산천에 노한 포도

백태(白苔)89)를 뿜고

종야(終夜)90) 통곡하여 피를 흘리다

강산은 흘린다는 뜻이라

바위에 물을

삼림에 바람을

드을에 열매의 둥그러함을

화판(花瓣)91)을 벌리고

---

89) 신열이나 위의 병 때문에 혓바닥에 끼는 누르스름한 물질.
90) 하룻밤 동안. 밤이 새도록.
91) 꽃잎.

꿀을 이끌라

꿀을 마시고 나라에 부복(仆伏)92)함은

내 결코 취함이 아니라

일어서서 등고(登高)93)함이니

억울한 땅이

다만 야차(夜叉)94)의 집인가 피 산천인가

아니라 보라

군청(群靑)일세 파도라

만경(萬頃) 해소(海嘯)95)

---

92) 넘어져 엎드림.

93) 높은 곳에 오름.

94) 두억시니(모질고 사나운 귀신의 하나).

95) 삼각형 모양의 하구에서 만조 때 폭풍, 해저 화산 등으로 인해 바닷물이
   역류하여 일어나는 거센 파도.

밀어올린 뭍은 꿈틀거려

살아 있는 천지 곧

응천(應天)하는 해방의 상징이라

무(茂)[96] 산풍산(山豊山) 마천령(摩天嶺)으로

같이 넘은 남도(南圖)의 깃은 토조(土鳥)의 뜻

동일 언어의 선행(先行)이요

유목 이후의 발견이라

착락삼양(錯落參羊)[97]

만이천봉마다 인연이 서리워

함께 다시 뻗은 봉우리 봉우리마다

인민 봉화(烽火)[98] 기다리는

강토의 정점이니

등골으로써 전지(傳之)[99]하는

장백산 오대산맥은

인민 모반(母盤)[100]의 탯줄이라

---

96) 무성하다.

97) 세 양이 어긋나 떨어지다.

98) 나라에 병란이나 사변이 있을 때 신호로 올리던 불.

99) 傳之(전할 전/갈 지).

어느 골엔들

신생을 영위하는 출혈이 없으리오

나라의 슬픔이

골짜구니마다 들어찼다 함은

태동의 아픔을 이를 뿐이니

들으라

불사(不死)의 곡신(谷神)101)조차 몰아내는 함성을

눈물을 북망에 봉하고

수백만 청춘의 똑같은 눈초리

타는 초롱불

봉화재로 오르며

---

100) 출생의 흔적.
101) 골짜기의 텅 비어 있는 곳. 헤아릴 수 없이 깊고 미묘한 도를 이름.

구천에 올리는 헌가를

불이 꺼진들

봉화대가 아니며

뿔이 꺾인들

황소가 아니랴

모든 산상(山上)이 강토의 정점이듯

모든 가슴은 사상의 초점이라

이로써 가히 조국의 섬이오

이로써 비로소

조금이 풍양(豊穰)102)함이라

이는 다시 황주(黃州) 장단(長湍)벌

---

102) 풍년이 들어 곡식이 잘 여묾.

김제(金堤) 하동(河東)드을에
수백만 청춘의 팔뚝같이 여문
열도(熱稻)103)만을 이름이 아니라
거기 벌써 서리잡는
공화국의 주권이라

금강은 서방(西方)도 좋을씨고
두만강은 동북방(東北方)도 좋을씨고
상류(上流) 상상류(上上流)
무슨 열매 어디 맺혀
익어가는 핵(核)은 민권
종심(縱深)으로조차 흘러오는

---

103) 성한 벼.

피묻은 낙화 또한
우리들만이 아는 소식이라
머지않아 부전(赴戰)104)에서 쏟아지는
인민전력(人民電力)으로
남해 완도
완강한 암흑을 몰아 쫓을 것이라

그러나 아직은
성문을 닫아두라
그대 의지와 두터운 입술과 함께
굳이 닫아두라
대대로 노한 포도

---

104) 전쟁에 참가하러 나감.

저린 이를 모두어

탁목조(啄木鳥)105) 수심(樹心)106)을 울리듯

그대들이 으드등 갈고 무릎을 꺾는 서리

아닌 그대들 땀이 땅에 말라 쌓여

소금기둥 되어서

일어서는 주권이

내 이마에 닿을 때까지

적의 교량의 설계를 거부하고

길을 끊으라

걸어가지 못할 것을 실어가고

테러를 운반하는

---

105) 황종(黃鐘, 동양음악에서 십이율의 첫째 음)을 으뜸음으로 하는 평조. 십이율
　　에는 육률(六律)과 육려(六呂)가 있다.
106) 나무줄기의 가운데 단단한 부분.

트럭을 거부하기 위하여

괭이를 잠시 이곳에 쓰고

성문을 굳이 닫아두라

반가(反歌)[107]

지나가는 호랑나비야

똑같은 수백만 눈동자의

푸른 해심(海深)을

어찌 헤아린다 하느뇨

비말차운(飛沫[108]遮雲)[109]의 헛됨이어

가슴 가슴마다 타는

---

107) 장가(長歌) 뒤에 더하는 단가(短歌, 장가의 대의를 요약학고 그것을 보충하는 노래).
108) 날아 흩어지거나 튀어오르는 물방울.
109) 구름에 가려 흩어지는 물방울.

해바라기
붉은 사상의 태양을
무엇으로 막으려는가

순이[110]의 노래

─국제무산부녀(國際無産婦女)데이[111]에 바치는 노래

비도 뿌리지 못하는

마른 번갯불이

깨뜨리는 바위

뿌다구니만 다시 돌아서는 봄

설피한 내 갈빗대[112]를 울리는 것은

과연 꿩만 잡는 총소리냐

한 사람도 아닌 백 사람

천 사람 만 사람 수수백만의

모가지를 놓은 바람이기에

누구를 내어놓으라는지

---

110) 順伊(순할 순/저 이).

111) '세계여성의 날'을 주로 일제강점기에는 '국제부인데이'라고 불렀는데, '國際
無産婦女데이'라고 하여 무산을 강조하기도 했다.

112) 하나하나의 늑골.

무엇을 달라는 소리인지
내 정녕 헤아리지 못하겠다 허나
헤아리지 못한들

자유와 쌀을 달라는 소리밖에
이 땅에 또 무슨 아우성이
필요할 것이냐
자유와 먹을 것을
좀먹을 것이 아니라 자유를
큰 자유를
이십 년을 두고 기다린
애비 눈동자는 창살을
내어다보기만 위하여
하늘은 삼십 년을 늙어도

쓰러진 오래비를 위해서
비린내 나는 진달래도 싫다
소쩍새도 비켜라 다만
그 맑은 하늘을
커다랗게 커다랗게
그의 가슴 우에 엎어주어라

스켓취¹¹³⁾

앞에도 뒤에도 허무하고 후리후리
위로운 조선(朝鮮)사람들의 나무 포프라¹¹⁴⁾없이
원경(遠景)은 가능할 수 없이 몃십년이 되었는지

포프라로 오는 길은 마름의 길
자전차 탄 순사부장과
정미소 주인과 식은 지점장(殖銀支店長)의 길

지점장이 서장을 모시고
2등차 타고 서울로 가고 없으면
잠시 고향(故鄕) 같은 하늘이 트이기도 하는 신작로

---

113) sketch.
114) poplar. 미루나무(버드나뭇과의 낙엽 교목) 또는 은백양.

먼동이 터서 밝어도
앞길이 캄캄한 포프라로 가는 길
호출장의 의미를 알 수 없는 길
구실돈을 받히고 사식을 넣고
돌아가는 길 소걸음이 느려서

아배는 소와 같이 느린 것인가
벌목은 정정(丁丁)[115]이라드라마는
앙강퀴 바뒤를 악물은 뿌리를 뜯어
무쇠솥에 나르기 위하야
송탄유(松炭油)[116] 같은 땀을 흘리면서 살어지든 길은
나만 알든 길인가

---

115) 나무를 베느라 도끼로 잇달아 찍는 소리.
116) 송유(松油, 솔가지를 잘라서 불에 구워 받은 기름).

이후(以后)[117]가 미상불 다시 이전풍경(以前風景)인 것을

　　길고 넓게 무슨 화폭이 필요할 것이냐

　　귀한 자유(自由) '칸버쓰'[118]는 미구(未久)[119]한 날을 기약하고

　　다만 뿌연 사진(砂塵)[120]을 일게하고

　　군용 '튜럭'[121]이나 한 3백대 넣어두자

　　반전(反轉)하면은

앞에도 뒤에도 허무하게 후리후리한
외로운 아희들이야 간신이 처다보고
의지하는 해바라기 없는 근경(近景)이
가능할 수 없이 멫해를 더 갈넌지 몰라도
해바라기 정원은 그래도

스스로 사상(思想)하는 자기에 놀라
고말울진저 천리민심(天理民心)이어 길버러지[122]의
계량이하(計量以下)의 예민과
원이상(圓以上)으로 팽창하는 과육(果肉)의 충실과
이듬해 봄 생명(生命)의 지속을 위하야
일제히 물러앉는 황엽(黃葉)의 용기와

---

122) 버러지=벌레.

휘엉청 포프라 심청(深靑) 끝으로 자라는
소년들의 유구(悠久)한 시선으로써도
오늘은 족하다.

추녀를 나즉이 하고 귀를 새오려
길버러지 호흡을 듣고 예지에 통하는
순간을 아다싶이 최대의 시간
그대 최고의 사상(思想)이 익는 때
해바라기 생리(生理)에 필적한 바람개비를
어찌 마음 있이 우스리오
동동남(東東南)에서 동남(東南)으로 아니 찰나찰나
(刹那刹那)
키를 잡어 확호(確乎)123)한 아 등신
바람개비도 무지(無知)한 인간(人間) 앞서 물리(物理)

에 통하다

비는 또 흙이 기다리는 것으로써 하여금
믿고 내리는 것이
기온이 내려가도 천리(天理) 민심(民心)을 아는 것이
나홀로 비록 하잘것 없이
다못 시로써 절대를 뚜드리는 도로(徒勞)에 넘어저도
물방울은 하나 하나 바위를 쪼았는데
그대 어찌 거연(憷然)124)히 풍경 뒤에 체어(諦
語)125)하리오

---

123) 아주 든든하고 굳셈.
124) 憷然(부끄러울 거/그럴 연).
125) 諦語(살필 체/말씀 어).

시

대리석에 쪼아 쓴 언어들이 아니라
가슴속을 누가 할켜놓은 상채기[126] 같기도 하고
당신의 귓속을 어루만지는 기후(氣候)와 쉽게
궁합이 맞은 천재의 음률이 아니외라

그것은 뼈에 금이 실려
절그럭거리는 원래(原來)의 소리외다

---

126) '생채기(손톱 따위로 할퀴어지거나 긁혀서 생긴 작은 상처)'의 잘못.

신문¹²⁷⁾이 커졌다

어찌할 수 없어
신문(新聞)이 커졌다

커가는 민주 역량은 어찌할 수 없어
인민 의사(意思)의 표면장력(表面張力)은 이렇게 찢
어진다
화살을 더 받아도 좋으리만큼
넓고 두터운 가슴같이 커가는 신문(新聞)은
팽창(膨脹)하는 우리 영토다

다섯 여섯이 한꺼번에 얼굴을 파묻고
도도한 민주주의 진행을 응시한다

---

127) 新聞

열 수물의 눈이
백, 이백의 탄압 체포를 읽는다
그것은 진리 때문에 쓰러진
무수한 시체의 분포도(分布圖)이기도 하다

1927년 11월

한대지방(寒帶地方) 어느 도시 차거운 벽에
더운 손으로 더운 풀칠을 하여 붙인
예언(豫言)이 있었다
그것이 점유한 면적은 사방 한자에 지나지 않았다
사방 한자에 지나지 않았던
벽신문(壁新聞) 진리(眞理) 면적은 오늘
오천칠백 오십일만 평방리의 절반 이상을 해방(解放)

하였다

　　신문은 해방하기 위하여 있자
　　노동과 풍양(豊壤)과 무용(舞踊)과 포도주로
　　전 인민이 해방되기 위하여
　　신문은 지혜의 비옥한 토지가 되자
　　비옥하기 전에 흙은 뿌리와 함께 얼마나 수고로우냐
　　천둥 번개 우박 사태 땀 피 다 함께
　　토지와 협력하여 기름을 짰었다

　　여기서 너는 목탁(木鐸)이 아니라

　　전 인민 중추신경의 치륜(齒輪)[128]이다
　　치륜(齒輪)은 중지하기 위한 것이 아니라

부단히 우리 눈과 귀와 함께
돌아가기 위한 것이니
그것은 번개 다음에 빠른 인민의 전령(傳令)129)이다

여기서 우리는
비틀거리는 열차들의 희생자 명부와
호(號)마다 어지러운 법령(法令) 발행과
그속에 끼어 갈팡질팡하는
무고(無辜)한 인민의 수형통계(受刑130)統計)를 안다

여기서

---

128) 톱니바퀴(둘레에 일정한 간격으로 톱니를 내어 만든 바퀴).
129) 명령이나 훈령, 고시 등을 전하여 보냄.
130) 형벌을 받음.

피는 바위보다 무거운 것과
피는 물같이 흔할 수 있는 것도 알 수 있다
여기서
모든 주방(厨房)이

공화국(共和國) 주권에 통한 것과
공화국 주권은 다시
오천칠백 오십일만 평방리에 통하는 것을 안다

여기서 또한
남부(南部) 조선 이백삼십이만 정보(町步) 경작 면적 중
농업 인구의 3%밖에 되지 않는 지주가
65%의 기름진 땅을 소유하고 있는 기록과
96.6%의 농민이

겨우 37%의 부스러지는 흙밖에 가지지 못한 사실을
안다

여기서 또한
'서울 지방 모든 기업소 중
1947년 12월 현재로 움직이는 공장이
겨우 5%에 지나지 않는 죄가 누구 때문이며
가능량이 91% 저하한 제철(製鐵) 생산량과
그리고 다만 한가지 예정량(豫定量)을 초과한
중석(重石)의 채굴량(採掘量)'을 안다

일제는
제사공장(製絲工場) 누이들의 경도(徑道)131)조차
약을 먹여 막아가며 혹사하였거니와

해방되었다는 땅속에서

중석은 또 어디로 가는 것이냐

피보다 가볍고 돌보다는 무거운

중석은 대체 어디로 가는 것이냐

커가는 신문 커가는 독자는 알고 싶은 것이 많다

　알고 싶지 않은 것은 염서(艷書)[132])를 남기고 호수에

투신 자살하였다는 것이랑

　비대한 도색일희(桃色逸戲[133]))들이다

　노동하는 사람은 자살할 수 없다

---

131) 가까운 길.
132) 남녀 간에 애정을 담아 써서 보내는 편지.
133) 逸戲(편안할 일/희롱할 희).

하늘이 문어져도 반동할 수 없는 이치와 같다

그러므로 커가는 신문은 8시간제 실천 주장한다

차라리 그림을 그리라
8시간 밖에서는 일요일에 청량리로
가족을 데리고 산책할 수 있는 노동자들의
설계도(設計圖)를 그리라

새가 우짖는 날이나
풍우대작(風雨大作)134)하는 밤에라도
무상몰수(無償沒收) 무상분배(無償分配)를 주장하라

---

134) 바람이 몹시 불고 비가 많이 옴.

그것은 커가는 신문의 제호에 필적한 것

인민에 필적한 것은 모두
공화국의 알파요 오메가다

커가는 신문은 전령이다
8시간 노동제의 실천을 전취(戰取)하기 위하여

24시간 땀과 피와 분간 없는 것을 흘리는
섬과 본토(本土)와 지하(地下)가 있는 것을 알리라
그리하여
우리로 하여금 자손에 전하게 하라

커가는 신문에서

우리는 자손에 전할 것을 오려 둔다
1946년 10월에 서리조차 내리기 힘들었던 사실과
1947년 3월 2천의 사상(死傷)[135]과
1948년 2월의 대치상황(對峙狀況)과

같은 해 5월에는 유난히 쑥갓이 흔하고
아해들은 웃음을 잊어버리고
총소리 가깝던 것과
그리고 8개국 중 개국만이 지지한 사실을

자를쑤록 커가는

---

135) 죽거나 다침.

아카샤 뿌럭지 뻗어가는 면적에 정비례하며
커가는 것은 우리 영토
신문(新聞)은 그 영토를 지키라

실소도 허락지 않는 절대의 역136)

봄이 오겠으면 오고
또 가겠으면 가시오
작약이 피려거든 피고 또
지려거든 지시오

뒷짐을 지고 걷습니다
한새 아무데
쓸데없는 우리들 손일랑
착착 접어 뒷짐을 지고
그냥 돌아서서 갑니다

안녕히 계시오

---

136) 失笑(어처구니가 없어 자신도 모르게 웃음이 터져 나옴)도 허락지 않는
절대의 域

민족(民族)을 사랑하려걸랑 하시고
나라를 위하려걸랑 위하시고
연설도 연회도 독립이라도
아 곤두박질이래도 하시오

우리들 뒷짐지고 가는 데야
하 죄될 것 무엇이겠소
무진강산(無盡江山)137) 구경하며
우리들 주렁주렁 돌아갑니다

돌아오는
우리들의 주권이 서기 이전

---

137) 다함이 없을 만큼 매우 뛰어난 강산.

어느 놈의 손톱
어느 놈의 발톱도 거부하는

차아(嵯峨)138)한 바위
이곳은 실소(失笑)도 허락지 않는
절대의 역(域)
아 우리 주렁주렁 뒷짐진 인민은
뼈를 뼈를 흙 속에 아니라
차라리
저 바위 가슴에 묻으리다

봄이 오겠으면 오고

---

138) 산이 높고 험함.

가겠으면 가고
진달래 붉은 술도 좋을 것이고
또 피묻은 손을 씻으려거든
예대로 드리운 항복이오
버들잎도 훑어
굽이굽이 흘리시오

흘러서는 갈 수 없는
우리들의 발이오
갈 수밖에 도리없는
우리들의 길이오
세상이 다 형틀에 올라
피와 살이 저미고 흘러도
모든 호흡이

길버러지같이 굴복ㅍ하여도
주권이 설 때까지는
아지 못하노라 하는 거부의 역(域)
바위 속으로 들어갑니다.

여름이 가나보다

—가을을 그리는 마음

마을 어구 표주(標柱)¹³⁹⁾에는 나란히 내려앉은 잠자리

이제는 오동잎도 더는 자라지 않으려니—

헛간 뒷마당에 다롱다롱 여무는 감과

처자(處子)의 댕기 걸린 대추나무 함북되는 열매가

호을로 서리맞아 그 빛이 붉어간다.

염소의 귀밑털 같은 하이얀 구름

피어 날이 개이고 보면

그 하늘 높다뿐이랴— 함지로 퍼내이고 퍼내어도

끝 모르게 괴어 솟아오름이 이마작의 하늘이다.

아쉬운 아쉬운 주월(晝月)¹⁴⁰⁾이 어울린

긴 포구(浦口)는 밀물로 소리 곱고

---

139) 푯대(목표로 삼아 세우는 대).
140) 낮달.

더 곱게 낙조(落照)로 희한하게 물든다.

이 언덕에서 천막(天幕)을 헐어 그네, 여름봇짐을 싸

짊어질 때

희랍(希臘)141)의 그 아양을 본뜬 계집들

반허리에 휘감은 엷은 옷을 추키며

거리에서 숨어들고

이날도

천기예보(天氣豫報), 흰 깃발은 멀리 나부낀다.

(내 사랑하는 숲과 드을로 돌아가보면)

뉘엿이 해 저물어

두 가슴으로 새어드는 바람

수만 줄기 높낮은 벌레울음

---

141) 그리스.

수풀과 덩굴에 사모치고
어디 갔던 고양이 집으로 기어들 때
할머니는
널어 말린 뽕잎담배를 치맛자락으로 거둬들인다.
소수레는 천천히
두 바퀴에 이가는 여름저녁을 감으며 감으며
먼 뒷골에서 예돌아든다.

젊은이는 꼴단에 비껴앉아
소방울에 고요히
장단을 놓으며
언덕길을 굽이돌 제
품앗이 베아리꾼 젊은 주인(主人)을 맞이하는
삽사리는 싸리문 밖으로 내달으며 짖나니

오 이러할 때
남무(南畝)142)에 할아버지도 원두막에서 내려온다.

---

142) 南畝(남녘 남/이랑 무).

영혼

노들 강물은
말썽 많은 이 토지
언덕과 고랑을 적시기 전에 우선
굶주린 영혼을 불러가기 바빠
녹았더냐

기(旗)를 내리고
행렬은 팔짱을 끼는도다
공장은 녹이 슬어서 쓸개
쓰디쓴 쓸이 도리어 혀는
애국가를 구으르지 못하는도다
가위눌린 어깨들의
꺼진 파도 비를 맞으며
시청 앞으로 밀리는도다

문을 열어주오
끼니를 대어주오
그대는 누구시오
아 말이 통치 않는구나

고요히 닫으신 당신의 문 안에
부인은 몇살 된 영혼을 또
지난밤 사이에 누이셨늬까

어둠이 굳이 닫은 밤이어
누구를 부르러 나는 또
어느 문(門)으로 나가야 하나이까

당치도 않은 봄이
누구의 버림받고 잔인하기 위하여
하필
일어도 못 나는 생명 휘젓기 위하여

휘라 휘라
등은 오직 견디기만 하리
이천(利川) 이백리 쌀 두말 땀은 얼마
흘리라 언제는 바로
다만 버들가지는 핀가 젖인가
흘리기만 하리
흐름은 따름인가 아니면 버림받은
바다로 가리

산인가 하마 바람 따라 새로 뻗었을 뿐
생각없도다 너와 같도다
바위에서 옥(玉)이 스스로 구을러도
나는 멀리 우연을 보는도다

허무를 두드리는 깃이여
남지(南枝)[143]는 어데냐
한줌 흙 입에 물고
차게 누운 영혼은
돌아도 눕지 말라

---

143) 남쪽으로 뻗은 초목의 가지.

우일신[144]

새해라도 그만 아니라도 그만 차라리 편한
계명(鷄鳴)[145]이 트는 먼동에 돌아누운 채
다시 한번 모진 허울 벗기우는 땅이 있어

갈 사람들은 종시 가지 않고
견디다 못한 사람들이 도리어 떠나가는 알 수 없는
땅이 있어
후손(後孫)은 천지(天池)라 서운(瑞雲)[146]은커녕
뫼초리[147] 털밑만한 온기(溫氣)도 모르고

거적 같은 이불때기 밑에

---

144) 又日新(나날이 또 새롭다).
145) 닭이 욺.
146) 상서로운 구름.
147) 메초리. '메추리'의 경상·함경 방언. 메추라기(꿩과의 겨울 철새).

올뱀이 눈을 뜨고
단벌 옷이 마르기를 기다리는 땅이 있어

마천령(摩天嶺) 구십구곡(九十九曲)
새용을 걸메고 떠나 아조(我朝)148)를 버린
두문동 십대조(杜門洞 十代祖)가 차라리 그리웁도록

추운 새벽

날이 밝아보았자 장리돈 이자(利子)나 늘어가는
날이 오고 또 가는 것을 그래도
형기(刑期)가 짧아지는 날이 저물기를

---

148) 우리 왕조.

기다리는 자부(子婦)149)의 땅이 있어

내 비록
그대들 신들메 풀기 감당치 못하여도
사망(四望)이 예대로 서고 정기(正氣) 비롯한다는 날
나도 동족인 것이
어찌 지꿎이 사특하리오 마는
오작하면야
육주(六酒) 우에 정안수 떠놓고 올리는 세배(歲拜)
같이 못하고 잠고대같이
저 흔한 동침이 국물을 찾는 목아지
모진 목숨이 되었으리오

---

149) 며느리(아들의 아내를 이르는 말).

고명(高明)하신 동방박사(東方博士) 세분이시여
저마다
오릇한 예수 밖에 될 수 없는 순간이요
재되고 문어진 거리일지라도
돌아앉아 눈 뜨지 못하는 담모퉁이를 더듬으사
삐소리 소리 아닌 말 말 아닌 아—
보다 나은 복음(福音)이 있거들랑
우리들 구유에 보채는 핏덩이 앞에 오소서

우화150)

입술에 묻은 피

마저 핥으며 틈새 틈새

풀 향기(香氣) 찾는 거자리151)떼

업보(業報)의 바위 우에

날새

찌조차 떨구지 않고

인방(隣邦)152) 해안선(海岸線)

멀직안이 물러 앉다

그날 파신(破身)153)이

이지(理知)154)같이 식고 또

예의(禮儀)로써 고개를

만방(萬邦) 앞에 숙이고

어족(魚族)은 다시

차고 더운 흐름을 찾다

'Z'기(旗) 나려 오고 무역풍(貿易風)

방자 배부른 돗을 찾어 해협(海峽)에 들다

해도(海圖)를 접으라 나팔소리는

남명구만리(南溟九萬里)

모든 해면(海面)이

사정(射程)155)밖에 섰음을 알리다

---

154) 이성과 지혜.

155) 사정거리(탄알, 포탄, 미사일 등이 발사되어 도달할 수 있는 곳까지의 거리).

이리하야 '팟쇼'156)와 제국(帝國)이

한대낮 씨름처름 너머간 날

이리하야 우월과 야망(野望)이

올빼미 눈깔처럼 얼어붙은 날 이리하야

말세(末世) 다시 연장되든 날

인도 섬라 비율빈157)

그리고 조선민족(朝鮮民族)은

앞치마를 찢어 당홍 청홍 날리며

장(壯)할사 승리군(勝利軍)마차 불역으로 달렸다

이날 한구(漢口) 무창(武昌)에

밤새 폭죽이 터지고

---

156) (이탈리아어) fascio. 파시즘적 운동·경향·단체·지배 체제를 이르는 말.
157) 比律賓(필리핀).

이날 불인(佛印)158) 난인(蘭印)은

주권을 반석 우에 세우랴고 거기에

선혈(鮮血)로 율법(律法)을 쓰고

아 이날 우리는

쌀값을 발로 차올리면서까지

승리군(勝利軍)을 위하야

향연을 베풀지 않었드냐

그러나 그대는 들었는가

양귀비(楊貴妃) 난만한 동산

'백인(白人)의 부담(負擔)'이란 우화(寓話)를

그리고 '얄타' 회담159)으로 몰아 가는

---

158) 불령 인도지나('프랑스령 인도차이나')를 줄여 이르는 말.
159) 제2차 세계대전 종반에 소련 얄타에서 미국·영국·소련의 정상들이 모여

'캬듸략'160) 바퀴소리를
흰손이 닷는 '틱웉' 문소리를 그리고
'샴펜'주 터지는 소리를

흑풍(黑風)이 불어와
소리개 자유(自由)는
비닭이 해방(解放)은 그림자마자
따 우에서 거더차고 날러가련다
호열랄(虎列剌) 엄습(掩襲)이란들
호외 호외 활자마다 눈알에
못을 박듯하랴 뼈가 휜 한애비
애비 손자새끼 모두 손 손

독일의 패전과 그 관리에 대해 의견을 나눈 회담.
160) Cadillac. 1902년부터 생산된 미국의 고급 자동차.

아 깊이 잠겼어도 진주는
먼 바다 밑에 구을렀다
인경은 울려 무얼하느냐
차라리 입을 담을자

그러나 나는 또 보았다
골목에서 거리로
거리에서 세계로
꾸역 꾸역 터저 나가는 시커먼 시위를

8월에 해바라기 만발한대도
다시 고지안듯는
민족은 호수(湖水)같이 밀려 나왔다.

원향161)

다름없는 도로(徒勞)를
아모데 난간에나 기대고 섰으면
표정이 힛슥 물러앉은
민족(民族)이 지나가고 지나오고
수레는 압박보다 무거운 빈곤을 실고
더 큰 어둠 속으로 들어갈 때
또 하로의 패배(敗北)를 가르고
외국차(外國車)는 제 방침대로 질주하다

샛바람이 저므도록 이렇게 일면 그래도
항상 도라오지 않는 사람들을 기다리고
내일 푸른 성장(盛裝)은

---

161) 原鄉(한 지방에 여러 대를 내려오며 사는 향족).

지난 겨울 깊은 상처를

어드메 묻으려는지

보이지도 않는 구릉(丘陵) 넘어 구릉(丘陵)을 찾다

샛바람이 이렇게 저므도록 일면

접친다리 도지듯

기억 마듸 마듸

프른 멍이 아프다

누가 이리 피로하게 하였는지

아 해방(解放)이 되었다 하는데

나늘은 웨 저다지 흐릴까

저기 나라가는 것은

소리개의 자유(自由)

뒤에 바위 다스리는 의지(意志)가 쪼았고
저기 도라오는 것은
행복과 프른 입새
바람이 이렇게 일어 모든 '생(生)'의 쌌
홍진(紅疹)162)같이 터지고
민족이 '라자로' 기적 앞서 이러난다면
강(江)물은 다시 노들에 흐르리

부드러운 기름이 드을에 흐르고
하늘은 스스로의 프른 영역(領域)을 다스리고
바람은 스스로의 의지(意志)를 쫓고
그리고 모든 꽃은

---

162) 홍역.

스스로의 꿀을 비즐 때

사람이 있어 지혜롭다 하고
지혜 있어 높은 자리에 군림하드라도
북소리 배골은 소리 울리고

깃발이 오히려
미래(未來)를 조상(吊喪)한다면
총끝이 어디 한곳을 노린다면
아 그리고 내 일홈 뭇는다면
곱비마자 굴레 벗고
다라나는 야마(野馬)와 함께
차라리 내 원향(原鄉)
드을로 도라가리

음우163)

담 뒤에 똑다거려서 짓던

전재민(戰災民)164)의 지붕은 널장이든데

이 비를 무엇으로 막는가

열세 대가리 머리털로 막는가

오늘 저녁 굴뚝에

연기 오르는 것을 보지 못하였는데

비 물에 불이 꺼졌는가

어린 것이 떼쓰는 소리만이라도

함경도 사투리가 아니면

아 원수의 고향(故鄕)

견디기 나으렸마는────

---

163) 淫雨(몹시 음산하게 오는 궂은비).
164) 전쟁으로 재난을 입은 사람.

서간도(西間島)서 왔는지 북간도(北間島)서 왔는지
보소 아모리 배고파도
수마(睡魔)165)는 그래도 종내 오고 말 것이오
상마사야(桑麻166)四野) 꿈이나 꾸면서

좀더 기다려 봅시다
꿈이 곧 내일(來日)
화광동진(和光同塵)167)이 아닐는지 누가 아오

이 비물에 '테로'는 또

---

165) 견딜 수 없이 오는 졸음을 악마에 비유하여 쓰는 말.
166) 뽕나무와 삼을 통칭하여 이르는 말.
167) "빛을 감추고 티끌 속에 섞여 있다"는 뜻으로 자기의 뛰어난 지덕을 나타내지
     않고 세속을 따름을 이르는 말. 노자의 『도덕경』에 나오는 말이다.

칼을 갈는지 모르나
제아모리 하여도
세상(世上)은 도루 잡힐 것이오

임우168)

이렇게 장마가 한창일 때

산으로 들어간 사나이가 있었다

발광한 것도 아니요

그렇다고 수연(脩然)히 숲에 들어가

삼매(三昧)169)를 찾음도 아니었다

순사(巡査)에게 쫓겨 산으로 들어갔던 것이다.

푸실푸실 끊이지 않고 내리던 날

지붕 위에서는 잿물 같은 낙숫물이

쭈룩쭈룩 떨어지던 오후였다

노파는 로체(露體)170) 황황(惶惶)

---

168) 霖雨(장마).
169) (불교) 잡념을 떠나서 오직 하나의 대상에만 정신을 집중하는 경지.
170) 늙은 몸.

누구 메투리든지 아모게나 끄을고
산으로 따라갔다
그것은 내 동무의 어머니였다

후념(後念)171)
억조억(億兆億)줄기 더운 빗속에
빙점(冰點)으로 내려가는 장자(腸子)
테러는 또 생명을 앗아갔다

아 생강이래도 있으면
푹 달여 마시고
독한 엽초나 피우고 싶은 밤이다

---

171) 옮아가는 시간에서, 다음의 순간.

작별

풍로 밥 끓이는 무연탄
부채 길에 좀처럼 타지 않는 내음새
갑자기 고향같이 찌르는 신설리(新設里) 으슥진 골목

오늘은 섣달 그믐께라 그리도 보이리만 어찌 이렇게도
무수히 한군데로 쓸어몰려
포리(捕吏) 아니면 집달리(執達吏)172) 기다리는 표정
으로만 가득한 것인가
그래도 체온 이하에 사는 겨레들 속에야
간신히 그는 쫓긴 몸을 그 아내와 함께 감출 수 있었다

느티나무 앞을 지나면서부터 앞뒤를 살펴야 하고

---

172) '집행관(법원 및 그 지원에 소속되어 재판 결과의 집행 또는 법원이 발하는
서류의 송달 사무를 맡아보는 단독제의 독립기관)'의 옛 용어.

늘 하는 말버릇대로 무슨 몹쓸 죄를 지었기
이렇게 비겁한 음향을 또닥이지 않으면 안 되는 것인가
다시 지나가는 행인을 눈치로 살피기
어진 것과 악한 것으로만 나눠야 하면
슬며시 열리는 뉘 집 아랫채 빈지문으로 그의 아내는
나를 맞아들이는 어둡고 또 좁은 방

악수하는 습관도
이제와서는 이방인의 시늉 같아서 진작 버리고
차라리 무릎을 마주대고 앉는 것으로
체온을 나누기로 하였거니와
그는 나더러 목소리를 낮추라고
어깨를 쭈빗 안으로 드나드는 정체 모를 청춘을 암시
하고

흰 손을 들어 입을 잠시 가리다

햇볕을 보지 못한 손─ 잘디잔 글씨를 줄창 쓰던 조고
마한 손이다
쉴 새 없이 성명서 항의문 시 그리고 한 마디 혹 두
마디 급하고 또 엄숙한
편지를 써보내던 손이다

온기 없는 방에
아랫목이 따로 어디 있으리만
그의 아내는 굳이 나더러 벽장 아래 앉으라 한사코
우기는 것이야
겨우 우리 잠시 나누는 웃음이라
오늘은 서로 잠시 헤어지는 날이다

웃음이 좀 헤픈들 어떠리 나지막하게 웃노라면 이러
는 사이에도

준엄한 것이 있어 냉혹하게 지속하는 것을 알리다시피
몰아붙이는 삭풍은 밖에 게으르지 않고
그러면 옷이나 두터이 입고 떠나야 되겠다고
그의 아내 많지도 못한 옷을 가려보다가
포개 입으면 얼마나 더 가지고 갈게 냐고 치워버린
다음
윙윙거리는 바람소리를 미닫이로 듣는 것은 침묵 ―

십년 이십년을 두고
술이 괴이듯
한 순간도 헛됨이 없는 것

비록 세 사람뿐이건만
우리는 실로 미더웁다

천애(天涯)¹⁷³⁾ 지각(地角)¹⁷⁴⁾에 또 하나
이와 같은 방이 있어
거기에도 둘씩 혹 셋씩
사상(思想)하는 호흡 침묵이 있어
십년 이십년을 순간으로 헤아리기
탄생 이전과 주검 이후로써 하는 길

셋과 또 저 세 사람이 만나

---

173) 하늘의 끝. 까마득하게 멀리 떨어져 있는 곳을 비유적으로 이르는 말.
174) 어느 귀퉁이에 있는 땅 한 조각이라는 뜻으로 구석지게 멀리 떨어진 땅을
   이르는 말.

여섯 사람의 굵은 심줄로 잡아당기는 것
민주주의의 두터운 기폭
그는 비싼 승리라

그것을 믿기에 떠나가는 것이요
그것을 믿기에 슬프지 않은 것이다

진실로 슬퍼할 필요가 없는 세대
꾸준히 바람이 불어서 넘어질 것은 다 넘어져가고
꾸준히 봄이 와서 움트고 자랄 것은 자랄 뿐인 것
다못 잠시 우리들에게
적당한 암흑이 필요하고
다못 잠시 크로코다일175)의 무자비와
다못 잠시 땀과 손이 필요한 것이다

그는 눈을 감고 있다
록반리(碌磻里) 고개 넘는 트럭길
두고 가는 어린것들 눈에 밟히는
곧게 뚫린 눈벌판
한 줄기는 통일에 닿은 길
떠나가면서 이윽고 나를 쳐다보고 하는 말

'몸 조심 하오'
하고 다시 이어
　시 네 편 쓴 것이 있다고 주머니에서 원고지를 꺼내는
것을

그의 아내는 희롱삼아 가로채어
내 한번 읽을 것이니 들어보라고
'서울—'
하고 희롱도 할 수 없는 낮은 목소리
남편의 말투를 닮아버린 것을 자랑하던 낮은 목소리—

그는 남편의 사상을 반석같이 믿었고
그는 항상 남편의 밤을 지키었고
열흘 스무날 남편이자 곧 동지인 사나이에게
밥과 인쇄물을 날랐고
하루를 잠시 목침에 가즈런히 누웠고
그러는 사이
서울 장안에 많은 것이 골목이라는 것을 깨달았고
모든 골목은 또한 뚫린 것을 알았고

그리고 이렇게
남편의 말투로
남편의 시를 읽었다

윙윙거리는 바람소리를 미닫이로 듣는 것은 침묵
그것은 청춘과 시와 행동 속에서 괴이는 술—혁명

잡초176)

오늘 죽은 듯이 깔리운 아우성은
아람으로 자랑하는 왕자(王者) 서기 이전부터
바람 함께 무성하였다

쓰러지고야 말 연륜(年輪)이기에
우리는 그것을 다못
운명의 거대함이라 하였다

말굽이 지나오고 또 지나가도
겁화(劫火)177) 땅끝에서 땅끝을 쓸어도
드을을 엉켜잡은 잡초(雜草) 뿌럭지
쓰러지지 않는 연대(年代)는 다못

176) 雜草
177) 세상이 파멸할 때 일어난다고 하는 불.

인민으로부터 인민의 어깨 우으로만 넘어갔다

피라 화려할 대로
그러나 백화(白花) 너희들의 발 아래
연륜으로 헤아릴 수 없는 생명으로
무한(無限) 죽었다 다시 살아나는
여기
뿌럭지들임을 알라

제국의 제국을 도모하는 자[178]

─미국독립기념일에 제(際)하여

(월트휘트맨)[179]

필라델피아[180] 북광주은행(北米洲銀行)이

그 기둥 밑에 정부(政府)를 깔고

또 모든 세민(細民)의 주방(厨房)으로

불(弗) 이하까지 수입이 통했을 때

황금에

또 황금무게에 그 나라가 기울 때

'제국(帝國)의 제국(帝國)을 도모하는 자'

그는 벌써 생무덤이기는 하였으나

거기 확실히

인민의 이름으로써

---

178) 者
179) Walt Whitman(1819~1892). 뉴욕주 롱아일랜드에서 태어났으며 목수이
    면서 민중의 대변인으로 혁신적인 작품을 통해 미국 민주주의의 정신을 표현
    한 시인이다.
180) 미국 펜실베니아주 동쪽 끝에 있는 도시.

쐐기의 단(斷)을 넣기 위하여
백악관에 들어선 위대한 인민의 종
앤드류 쨱슨181)을 일컬으되
진흙 발로써
어찌 궐(闕)내를 더럽히느냐

찡그린 무리들의 후예
정녕 조부 고조부는
근로하는 세민(細民)182)이듬을
아는지 모르는지 백년 후 오늘
태프트 하트레이

---

181) Andrew Jackson(1767~1845). 미국 군인 겸 정치가이며, 미국의 제7대
    대통령(재임기간 1829~1837)으로 미국의 민주주의의 발전에 많은 노력을
    했다.
182) 영세민.

노동법령을 통과시킨 자 아니냐

게르만은 만유(萬有)의 우에
그러하기 위하여 우탄은
침수례(沈水禮)를 거부하고
오른쪽 팔을 들어 일컫기를
'이는 검을 잡을지이니' 하였거니와
잡았던 자 이제
민주주의가 승리한 아늘아침
어데 가서 쓰러졌는지
태프트 사상의 종류여
소돔, 고모라 아니
백림(伯林) 아니
프랑켄슈타인의 집으로까지 갈 것이 없이
가까이 흐르는
미시시피 흙탕물을 들여다보라

흙탕물
과연 흙탕물이다 어드멘들

아니 흐를 법 없는

혼탁한 파씨즘183)의 흐름이어

그리로써 하여 석유는

서반아184)로 흘러가는 것이냐

오만생령(五萬生靈)185)이

마드리드186) 바로 피앗자

지하옥(地下獄) 썩는 내음새를 막기 위하여

다섯 가지 경찰로 하여금

향수를 뿌리게 하고

칠야(漆夜)187)에 미소하며 염주를

183) 제1차 세계대전 후 나타난 극단적 전체주의적·배외적 정치 이념.
184) 에스파냐(유럽 서남부 이베리아반도 대부분을 차지하는 입헌군주국).
185) 매우 종류가 많은 살아 있는 넋이라는 뜻으로 '생명'을 이르는 말.
186) 에스파냐에 있는 도시.

'에리 에리' 구을려

주검을 헤아리는

프랑코[188]의 흰 손을 다시 잡기 위하여

아 내 어찌

이렇게 은혜 모르게 되었느냐

슬프도다

'자유(自由)'를 차라리

마지막 한 모금 물로써 바꾸지 않은

'독립군(獨立軍)'의 의(義)를 용(勇)을

다 그만두고라도

---

187) 아주 캄캄한 밤.

188) Francisco Franco(1892~1975). 에스파냐의 군인·정치가. 반정부 쿠테타
를 일으켜 내란에 승리하고 1939년 팔랑헤당의 일당 독재정권을 수립하였다.
1945년 국민투표로 종신 총통이 되었다.

제퍼슨,189) 페인의 아름다운 사상을

또 그 뒤에 저 많은

민주주의의 계승을

그리고 대작(大作)하는 바람의 자취

저 위대한 산천을

유카리 정정(丁丁)한

록키산맥으로써 뻗은

근로인의 발자취를

쎄이지 부럿쉬 완강한

사막을 다스린 땀의 고임과

믿음을 위하여 호을로 흘립(屹立)190)한

브리감의 도시를

중천에 소리개

도리어 같이 뜨게 하는

---

189) Thomas Jefferson(1743~1826). 미국의 정치가. 1776년 독립선언서를
기초하고, 초대 국무장관을 지냈다. 미국 민주주의의 아버지로 불린다.
190) 산이나 바위, 나무 따위가 깎아지른 듯 높이 솟아 있음.

'대계곡'의 장엄은 또 그만두고
와이오밍191)에서 코로라도192)
기름진 평야로 들어서는
옥수수 밭고랑 고랑은 전정
내 고향과도 같이

어데 어데를 가도
'자유' 그 말에 방불한 토지를
파씨쓰타의 무리여
너희들 까닭에 나는
휘트맨의 곁에 가까이 설 수 없고
또 이날에도

---

191) 미국 서부에 있는 주.
192) 미국 서부에 있는 주.

찬가로써 하지 못하고

두 폭 넓은 비단 청보(靑褓)193)에 '원망'을 싸는도다

---

193) 푸른 빛깔의 보자기.

제신[194]의 분노

―이스라엘의 처녀는 넘어졌도다
　넘어진 사람은 다시 일어나지 못하리니
　조국의 저버림을 받은 아름다운 사람이여
　더러운 조국에 이제 그대를 일으킬 사람이 없도다
　　　　　　　　　　　　　　―구약 아모스 5장 2절

하늘에
소리 있어
선지자 예레미야[195]로 하여금 써 기록하였으되
유대왕 제데키아[196] 십 년
데브카드레자 ― 자리에 오르자

---

194) 諸神(여러 신).
195) Jeremiah. 성서의 위대한 선지자.
196) 바빌론유수 십 년 당시의 왕 제데키아(시드키야).

이방(異邦) 바빌론 군대는 바야흐로
예루살렘을 포위하니
이는 이스라엘의 기둥이 썩고
그 인민이 의롭지 못한 까닭이요
그들이 저희의 지도자를 옥에 가둔 소치라

하늘에서
또 하나 다른 소리 있어 일렀으되—
일찍이
내 너희를
꿀과 젖이 흐르는
복지(福地)에 살게 하고저
애급땅에서 너희를 거느리고 떠나
광야를 헤매기 삼십육 년

이슬에 자고 뿌리를 삼키니
이는 다
아모라잇 기름진 땅을 기약한 것이어늘

이제 너희가
권세 있는 이방(異邦)사람 앞에 무릎을 꿇고
은(銀)을 받고 정의를 팔며
한 켤레 신발을 얻어 신기 위하여
형제를 옥에 넣어 에돔[197)]에 내어주니

내 너에게
흔하게 쌀을 베풀고

---

197) 이스라엘·요르단·팔레스타인의 옛 지방.

깨끗한 이빨을 주었거늘
어찌하여 너희는 동족의 살을 깨무느냐

동생의 목에 칼을 대는 가자의 무리들
배고파 견디다 못하여 쓰러진
가난한 사람들의 허리를 밟고 지나가는 다마스커스의
무리들아
　　네가 어질고 착한 인민의
　　밀과 보리를 빼앗아
　　대리석 기둥을 세울지라도
　　너는 거기 삼대(三代)를 누리지 못하리니

　　내 밤에
　　오리온 성좌를 거두고

낮에는 둥근 암흑을 솟게 하리며
보고도 모르는 쓸데없는
너희들 눈을 멀게 하기 위하여
가자성에 불을 지르리라

옳고 또 쉬운 진리를
두려운 사자라 피하여
베델198)의 제단 뒤에 숨어 도리어
거기서 애비와 자식이
한 처녀의 감초인 살에 손을 대고
또 그 처녀를 이방인에게 제물로 공양한다면

---

198) 팔레스타인의 고대 도시.

내 하늘에서 다시
모래비를 내리게 할 것이요
내리게 하지 않아도 나보다 더 큰 진리가

모래비가 되리니
그때에
네 손바닥과 발바닥에 창미가 끼고
네 포도원은 백사지(白砂地)199)가 되리니

그러므로
헛된 수고로 혀를 간사케 하고 또 돈을 모으려 하지
말며

---

199) 흰 모래가 깔려 있는 땅. 곡식이나 초목 따위가 자라지 못하는 메마른 땅.

이방인이 주는 꿀을 핥지 말고
원래의 머리와 가슴으로 돌아가
그리로 하여 가난하고 또 의로운 인민의 뒤를 따라
사마리아200)산에 올라 울고 또 뉘우치라

그리하면
비록 허울 벗기운 너희 조국엘지라도
이스라엘의 처녀는 다시 일어나리니
이는 다 생산의 어머니인 소치라

---

200) 버림 받은 사람이라는 뜻과 '선한 사마리아인'에서 나온 것으로 희생과 노고
가 따르지 않으면 참 사랑이 아니라는 뜻을 함축한다.

조사[201]

—환산 이윤재(桓山 李允宰)[202] 선생께 드리는 노래

어느 하늘가를 거닐으시는가
우리 이렇게 한데 모이면
어쩔 수 없이 영혼이라도 믿고 싶은 것이

살아 생전은 또다시 이리도
억울한 주검이 흔하여
죽어가서는 영혼이라도 믿고 싶은 것이

억울한 것은 남았으라

---

201) 弔辭(죽은 사람을 슬퍼하여 조문의 뜻을 표하는 글이나 말).

202) 1888~1943. 독립운동가이자 국어학자이며 사학자이다. 1927년 계명구락부 조선어사전 편찬위원이 되었고, 1930년 한글맞춤법통일안의 제정위원이었으며, 1932년 조선어학회 기관지『한글』의 편집 및 발행 책임을 맡았으며, 1934년 진단학회 창립에 참여하였다. 1942년 조선어학회사건으로 홍원경찰서에 붙잡혀 함흥형무소에서 복역중 옥사하였다.

이루지 못한 손은 쥐었으라
선생은 억울한 선생은 영혼으로 남았으라

그리하여 우리 선생의 손을 따뜻이 잡게 하시라 행여
들으실까
이렇게 한데 모인 겨레의 음성일진대
그렇게도 소중히 여기시던 겨레의 말은 다시
이렇게 혀와 함께 굳어도

겨레의 음성일진대
행여 알아들으실까

우리 이곳에 실로 오래간만에 모이기는 하였어도
피 비 내릴 하늘일지

아 혀는 하늘보다 가차운 데 있건만
냉가슴 타는 부화 돌아앉은 그림자
다만 몸부림치는 그림자를 살피시고
이 말씀 들으시라

선생은 배가 진정 고프시었고
선생은 진정 배고픈 것을 가벼이 여기시고
뒤축이 물러앉은 편리화(便利靴)를 끄을고
삼월이 이는 뿌연 먼지 독립문 모슭
저놈들 촌토(寸土)203)를 남기지 않는 발길을 피하여
사라지기를 저 세상 가는 길손 같이도 하였으나
이는 하필 선생만의 환란이 아니요

203) 척토(尺土, 얼마 되지 않는 좁은 논밭).

진정 겨레의 것이었어라

일본제국주의는 서른하고 또 여섯 해

무게 나가는 대추와 사과와

하다못해 도토리 열매와

저 착하게 엎드린 푸른 드을을

어질게 밀고 나온 모든 곡식의 씨앗과

우리들의 살이나 다름없는 쌀과 보리를 앗아가기 위

하여 그리고

감지 못하고 선생같이 세상 떠난

원혼들의 검은 눈동자나 다름없이

깊이 덮이운 좁쌀같이 깔깔한

조선사람의 흙 속에 감초인

무게 나가는 구리와 은과 금을 캐어가기 위하여

하다못해 짚오라기 칡넝쿨 머리털

피마자마저 훑어가기 위하여

저놈들은 신의주(新義州) 석하(石下) 백마(白馬)로 부산(釜山) 한끝

마지막 조선땅에 부술기를 구을려

아 우리 또 하나 다른 심장을 마련케 하여 울리고

우리들의 가슴이 두터우면

굵은 총알로써 하고

여윈 어깨면 여린 칼날을 들어 저미고

할애비를 가두어 아비로 하여금 손자를 잡게 하여

손으로 끄을기 마소같이 하여

대동아전쟁이라는 초열지옥(焦熱地獄)204)에 잡아가고

---

204) 팔열지옥(八熱地獄)의 하나. 살생·투도(偸盜)·사음(邪淫)·음주·망어(妄語) 등의 죄를 지은 사람을 불에 단 철판 위에 눕히고 벌겋게 단 쇠몽둥이로

발로 차기를

날짐승의 주검보다 가벼이 하여

내 동지의 숨을 끊을 칼을 가는

공장에 도야지떼같이 몰아넣어

급기야(及其也) 알뜰히도 살뜰히

모조리 깡그리 산에서 솔뿌리 캐듯

우리들 손톱마저 뽑았어도

다만 땅에서 이는 더운 기운같이

식을래야 식을 수 없는

우리들 등어리 땀과

치거나, 큰 석쇠 위에 얹어서 지지거나, 쇠꼬챙이로 몸을 꿰어 불에 굽는 등의 형벌을 준다는 지옥이다. 아주 고통스럽거나 어려운 상황을 비유적으로 이르는 말.

죽기 전까지 흐르는 피와

죽어서도 전하는

우리들의 말을 또한 기어이 앗아가기 위하여

철부지 돌부리에 넘어져

아이고 어머니 외마디소리를 쳐도

벌금을 걷어간 것은 또 그만두고라도

우리들 배꼽 아래에 괴이는 생각을 또한

어찌 어찌 알았다 하여 목에 칼을 채우고

손과 발을 그리는 우리들 몸가짐이

저들의 살아 있는 우상과

죽은 우상을 섬기지 않는다 하여

손과 발목에는 고스랑을 채워

대화숙(大和塾)에서 형무소로 보내어

간신히 주먹에 남은 뼈끝으로

두터운 벽을 또닥여
음향으로써 겨우 동지의 안부를 묻게 하고
기진하여 먼저 떠난
부모의 부음을 듣게 한 것

선생은 이 역사 속에 말라갔고 우리 또한
살찌지 못한 역사는 바로 어제러니
싱싱한 봄풀 모두 미나리마냥
탐스러이 푸르르고
날씨 좋이 넓은 어깨를 찾아 나지막히 날아오던
샛문 밖 고개너머 홍살문 앞으로
우리 한때 잠시
느릿한 그림자를 즐기며
선생 또한 무슨 기적인지

소리쳐 웃으시던 날 아 역시
저놈들이 다 앗아가지 못하고 남긴 것이 있어
참나무 절구통같이
패이고 또 무거운
식민지의 청춘의 가슴일지라도
오월과 꽃과 더불어 선생은
우리와 함께 계시었고

손은 어찌하여 그리도 까미하시고
잇몸은 어찌하여 그리도 깨끗하지 못하시던가
아 황송하여라
마상(馬像)이라고 별명을 지어 부르던
선생은 진정 잘생긴 얼굴은 아니었어도
잘생기지 못한 선생의 큰 콧구멍은

착한 아기같이 떨리기도 하더니

미구에 마소같이 끄을려
홍원(洪原) 철창에 갇히시니
선생의 죄는 대체 무엇이오니까
몸소 쓰신 조선말사전 원고뭉치로
머리칼 설핀 머리 이마를 맞으실 때
벌써 버리신 육체라 차라리
무쇠 방망이가 오죽 가벼웠으리 다만
우리 죽어서 죽어 가서 기어이 다시
이 땅에 태어나자고 맹서하셨으라

갈릴리의 의로운 사나이는 일찍이
가시관을 무겁다 하지 않았거니와

선생은 육체밖에 더 벗을 것이 없었으라
다만 육체를
우리 다시 찾기만 하면
보람 헛되지 않아 해방은
진정 우리들 인민의 것이라 믿었더니
아 저 하늘 어느 별의 조화인지
낯설은 배 항구에 범람하고
또다시 우리 다른 심장을 울리며
육중한 트럭들은 달리자
이방사람의 밀을 받고 이스라엘의 흙을 파는 자
동족은 벌써 아닐 수밖에 없는 슬픈 칼자루
자르는 살과 뼈다구니만 아닌 밤중
어두운 것을 물리치기 위하여 ××에서
슬기로이 횃불을 들고 간

선생의 아들 원갑(元甲)은
일찍이 아배의 몸이 차디차게 식어나간
철창에 오늘 다시 갇히니

원갑(元甲)의 죄는 대체 무엇이오니까
원갑(元甲)은 억울하여라
프로메듀스가 억울하였듯이
억울한 것은 남으라
억울한 것은 나의 살과 뼈와 노래 속에 남으라
그리하여 이렇게 나로 하여금
저주하고 또 찬송케 하라
이방사람의 귀에 대고 흥정을 소근거리는 것을
어찌 조선말이라 하리며
내 어찌 동생을 잡은 자의 손을 따뜻하게 잡으리며

내 어찌 모르는 죄악을 안다 하리오

이제 내 남조선 비린 바람에 쉬인
목청을 울리며
선생을 곡하며 또 노래함은
반드시 그대 가장 위대한 조선사람인 까닭이 아니요
그대 반드시 내 가장 사랑하는 스승인 소치가 아니라
원갑(元甲)이가 억울한 탓이요
진실로 진실로 어찌할 수 없는 우리들의 어질고 착하
고 아름다운
열통과 부화라 어찌할 수 없어 원갑(元甲)의 동무들은
모두 위대할 수밖에 없고
또 노래할 수밖에 없는 순간이라
내 한 음계를 드높이노니

환산(桓山) 이윤재(李允宰)
아 내 스승은 헤아리시는가

종205)

만(萬) 생영(生靈) 신음(呻吟)을
어드메 간직하였기
너는 항상 돌아앉아
밤을 지키고 새우느냐

무거이 드리운 침묵이어
네 존엄을 뉘 깨뜨리드뇨
어느 권력이 네 등을 두드려
목메인 오열(嗚咽)을 자아내드뇨

권력이어든 차라리 살을 앗으라
영어(囹圄)에 물어진 살이어든

---

205) 鐘

아 권력이어든 아깝지도 않은 살을 저미라

자유는 그림자보다는 크드뇨
그것은 영원히 역사의 유실물(遺失物)이드뇨
한아름 공허여
아 우리는 무엇을 어루만지느뇨

그러나 무거이 드리운 인종(忍從)이어
동혈(洞穴)보다 깊은 네 의지 속에
민족의 감내(堪耐)를 살게 하라
그리고 모든 요란한 법을 거부하라

내 간 뒤에도 민족은 있으리니
스스로 울리는 자유를 기다리라

그러나 내 간 뒤에도 신음은 들리리니
네 파누(破漏)[206]를 소리 없이 치라

---

206) 조선시대 서울에서 통행금지를 해제하기 위해 종각의 종을 서른세 번 치던
    일. 오경삼점(五更三點)에 쳤다.

지도자²⁰⁷⁾들이여

두둑 커다란 발이겠다
저벅저벅 십리 백리라도 시원찮을
우리들의 젊은 정갱이를 어데다 두고
백주(白晝) 두리번거리며
손바닥으로 기어다니는 우리들을
그대들은 어떻다 하느뇨

견디기 무거운 알알이어든
가라
차라리 바람같이 가라
쭉정이를 날리는
바람같이 가라

---

207) 指導者

술과 왜콩이 들어오고
선포(線布)와 금덩어리 나가는 바다 있음을
그 바다 사나운 물결보다
무서운 무지(無知) 예 있음을

우리들의 꺼진 어깨와
허울 벗기운 구릉(丘陵)이 가지런함을
아 그리고

저 산은 영광을 위하여서보다
차라리 낙뢰(落雷)를 몸소 받기 위하여 솟아 있음을
그대들은 어떻다 하느뇨

견디기 어려운 멍에어든 벗으라

그리고 차라리 수레를 타라
우리들의 여윈 어깨로 메운
가벼운 이 수레를 타라

진리208)

바늘끝 차거운 별이 총총
가시 같은 밤에

또 총소리가 들린다
락산(駱山) 바위 같은 심장이 또 하나 깨어졌다

민주주의자의 유언은
총소리뿐이다

총소리를 들은 모든 민주주의자가
조용히 이를 깨문다

---

208) 眞理

그러자
또 총소리가 들린다

진리는 이렇게
천착만공(千鑿萬孔)209)이 되어야 하는냐

아 정말 신(神)이래도 있으면 좋겠다
우리편인 신(神)이 ―

---

209) 상한 곳이 천 군데이고, 구멍 뚫린 곳이 만데라는 뜻으로 성한 곳이 없을
    정도로 피해가 크다는 말.

진혼곡

—동경진재(東京震災)에 학살당한 원혼들에게

　　조국땅이 좁아서

　　간척지를 파야 될 까닭이 없었다

　　조국땅이 좁아서

　　멀미나는 현해탄을 건널 까닭이 없었다

　　조국땅이 좁아서

　　우전천(隅田川) 시궁창에서 널쪼각을 주울 까닭이 없
었다

　　조국은 어디로 갔기에

　　천기(川崎) 심천구(深川區) 제육공장(製肉工場) 제함
공장(製凾工場)

　　화장터 굴뚝 연기는 그래도 향그러울까

　　초연(硝煙)210) 십리(十里) 사방(四方) 줄행랑에

---

210) 화약의 연기.

두 눈깔 흰자위마저
시커멓게 썩을 까닭이
없었다 다만 조국 주권이
조국 주권을 팔아먹은 자가 있어
조국이 간척지로 밀려나간 것이었다
조국 주권을 팔아먹은 자가 있어
그 족속이 유랑을 업으로 삼았었다

그러므로 자식을 낳아 기르는 것도
업으로 삼을 수밖에 없어
순(順)의 봄을 오십 원에 팔았은들
애비를 나무랄 자 없이 되리만큼
조국은 어디로 가버려

원보(元甫)와 순(順)이는

천을 걸친 자들이나

그들의 매판인들의

일일(一日) 삼식(三食) 그 밖에 모든 체통을 떠나 차
라리

짐승들의 생활을 답습하였다

피와 같이

정직한 것을 원칙으로 살아가는 사람들에게

지동(地動)은 태초같이 태연한 한 개

변화일 뿐이었다

짐승같이 살아가는 원보(元甫)와 순(順)에게는

재난이 좀 클 뿐이었다

재난보다 무서운 것이 왔다

와사관(瓦斯管)²¹¹⁾이 파열되는 것을

원보(元甫)와 순(順)이는 책임져야 하였고

단수(斷水), 연소(延燒), 지붕(地崩), 독(毒) 그리고

저 원수들이

대대로 물려받은 '공포증(恐怖症)'까지도

조선사람들의 죄였다

조국이 좁은 까닭이 아니라

조국 주권을 팔아먹은 자가 있어

원보(元甫)와 순(順)이는

우전천(隅田川) 찢긴 시궁창에

녹슬은 한 가닥 와이야에 매어달려

---

211) 가스관.

화염(火焰) 우에 검푸르게 닳은
잃어진 조국 하늘 밑에
박간농장(迫間農場)이 들어선 남전(南田)과
불이농장(不二農場)이 마름하는 고향 북답(北畓)을
생각하였다

조국 주권을 사간 매판인들은 죽창을 들었다
진실로 짐승보다 좀 빠른 족속이었다
죽은 고기 찍어 올리듯하여
아 원보(元甫)의 옆구리는 조국 주권이 없어서 뚫어졌다

조국땅이 좁아서
순(順)이가 또한 죽을 곳이 없는 것이 아니었다
공장 가마솥 끓는 물 속이 아니라도

순(順)이는 얼마든지 묻힐 곳이 있었다

조국이 좁아서가 아니라
조국 주권을 팔아먹은 자가 있어
원보(元甫)와 순(順)이와 또 사만생령(四萬生靈)212)은
짐승의 밥이 된 것이었다

---

212) 네 가지 교만한 마음(증상만, 비하만, 아만, 사만), 살아 있는 넋이라는 뜻으로
    '생명'을 이르는 말.

태양213) 없는 땅

곡식이 익어도 익어도 쓸데없는 땅
모든 인민이 등을 대고 돌아선 땅

물줄기 도리어
우리들 입술 찾아 흐르기도 하고
흘러도 그러하나
벌써 모래 가득 찬 아가리
황토(荒土)에 널리기도 한 땅—

다 못 아는 것은 땅은 영원히
우리들의 것이기
숲을 찾는 바람같이 달려갈 역사이기

---

213) 太陽

백번 천번 어미네 품속 같은 흙
갈아 갈아 창(槍)끝 번득이듯
보삽 어루만지는
손가락 매듭만이 굵어진 것을

황소 소 너는
언제까지 어질기만 하려느냐

가까이 가까이 서로 방불(彷佛)한 그림자들 한군데로
남산(南山) 어느 고을에도 있는 남산(南山)으로
바람은 비바람은 어데든지
숲 울성(鬱盛)[214]한 곳으로 모였다

---

214) 초목이 울창하고 무성함.

땀을 흘려도 흘려도 쓸데없는 땅
태양(太陽) 없는 땅

너희들 무시무시한 무지(無知) 지긋지긋
흰 이빨 자국 이문살 멍들은
아 소같이 둔하다는 무식한 우리들의 등
더운 피 흘린 항거(抗拒)를 위해서는
십월(十月)은 오히려
서리 내리기조차 주저하였다
태양(太陽) 없는 땅

굵어진 손매듭 손톱 자국 자국
꽂은 감자눈

뜬 부릅뜬 황소 뉘 배불리기 위해 아
성난 남산(南山) 숲 어데서나 이는 거센 바람 일듯이

버리고 달아난 창(槍)끝 같은 보삽들이 꽂힌 대로
길게 길게 돌아누운 땅

곡식이 익어도 익어도 쓸데없는 땅
모든 인민이 등을 대고 돌아선 땅

태양도 천심²¹⁵⁾에 머물러

비원을 거닐으며
우리 한때 이것은 정녕
우리들의 공원이 될 것이오
오백 명 대교향악의 반주로써
우리들 있는 목청을 다 울려서 천년을 두고
인민의 노래 부르자 하였더니

아 그보다 한 어진 시인(詩人)이 있어
해방(解放)이 되었다 하면서
'앉아보아도 좋고
누워보아도 좋다'고
팔월을 도저히 호을로 보낼 수 없는

---

215) 天心

팔월을 호을로 보내며
이제는 상해(上海) 같은 소갈머리가 되어가는 거리에
아주 누워버린 어진 시인을―

태양도 천심(天心)에 머물러
굽어보고 지나가는 팔월도
열닷새 날 다못 풍부한 것은
장마진 흙탕물과
흙탕물에야 간신히 씻기운 우리들의 피

노래로 곡을 하는 강산이어
산천초목이 탈까 두려웁다 입마다
뿜는 불길은 아니다마는
붙는 불인들 보다 더 타는 가슴이랴

너는 차라리

백라(白螺)216)를 불어

다시는 건질 길이 없는

천심(千尋) 바다 밑에

우리들 심화(心火)를 묻어주었으면 하리라마는

억년을 함께 있을 파도로다

우리들이 간 뒤에라도

노한 물결은

뼈 묻힌 산과 들은 살아 있음을

억년 후에도

216) 하얀 소라.

해소(海嘯)[217]로써 알릴 것이라

알리리로다 내 어찌
상여 나가는 것을 알리지 않으리오
진정 우리들의 악대
비원으로 들어가는 날까지
만(萬) 백만(百萬) 상여일지라도
내 거리에 누워
노래로써 곡하기를 잊지 않으리라

'저 푸릇푸릇한 것이
하늘이로다' 어디메로 다

---

217) 각주 95) 참조.

숨어버리고 말았는지
끝이 없어라

'아 하늘에 어찌
끝이 있으리오'

태양도 유심(有心)하여
천심(天心)에 머물러
잠시는 굽어보고 지나가는 팔월 열닷새
만에 한 번이라도
궁(宮)에 화상(和尙)218)이 들어가고
또 단청(丹靑)219)이 오르고

---

218) 수행을 많이 한 승려.
219) 옛날식 집의 벽, 기둥, 천장 등에 여러 가지 빛깔로 그림이나 무늬를 그림,

만에 한 번일지라도

내 손이 받드는 한 표(票)에 필적한

주권이 서기 전에

어느 화여(花輿)220)

혼자 듭시게 하기 위하여

또 하나 다른 궁(宮)을 수축(修築)221)하는 끌

소리 들리기만 하여라

차라리 그 끌을 앗아

또는 그 그림이나 무늬. 단벽.

220) 꽃수레.

221) 집이나 다리, 방죽 등의 헐러진 곳을 고쳐 짓거나 보수함.

우리들 가슴에 박고
함께 넘어지리라

포도

얼마나 많은 주검들이기에
이렇게 산으로 하나 가득
제물(祭物)을 바치었더냐

우리 애기 머리같이
말랑말랑한 착한 과실일지라도
죄(罪)를 구대(九代)에 저리게 할
단한 이빨 앞에서는

하룻밤 사이에
소금으로 변하는 예지(叡智)222)

---

222) 사물의 이치를 꿰뚫어보는 지혜롭고 밝은 마음.

포도는
육체와 영혼 사이에 서서
위태로이 떤다

피수레

사직(社稷) 덮세운 무슨 껍데기
질그릇 깨어지듯 와지끈 하던 날
차라리 차라리 하고
어미 가슴 헤치고 총부리 받던 날

장거리로 수레는 피를 흘리고
팍팍 찍은 먹은 또 무슨 기(旗)
끊어진 다리 깨어진 머리
산 시체 가득 싣고 느리기도 하더니
울기만 하면
보조원(補助員) 온다는 자장가
어미나들 피리 속에서 자란 소년(少年)
아하 처음 흘리던 긴 눈물
일곱 살이던가 너는 두려웠더냐

만세(萬歲)소리 쓸어간 뒤
길은 넓었고 길드라 해서 그랬나
용현(龍峴)고개에 올라가서 또 울었더라
구름은 드리우고
바람은 이는 늡다리벌 내려다보면서
짜디짠 눈물 미음같이 삼키며
외롭지 않음을 알았더라

그 봄이 가도록 피리를 잊었고
피수레는 고을마다 굴렀던가
겻드리 무렵 되면 고개에 올라가
멀리 여해진(汝海津) 바다에
큰 배 무수히 떠오르기만 기다렸더라

해바라기 화심223)

해바라기 화심(花心)은
태양의 소이연(所以然)224)

모든 것의 순환을 한정하는
무한(無限)이 여기 돌아가

물을 기르는 것이 또
마르는 것을 모르는 바다 있음을 알리고

해바라기 화심(花心)은
청춘의 등분(等分)

---

223) 花心(꽃의 한가운데 꽃술이 있는 부분).
224) 그리된 까닭.

죽는 것과 사는 것이 둘이고
또 하나인 천년(千年) 잠열(潛熱)

어느 것이 먼저 가더라도 항상 남아
타는 지속

해바라기 화심(花心)은
조척거리(照尺225)距離) 밖에 물러앉은 태양
일테면 우리들
청춘의 신(神)

---

225) 가늠자(총을 목표물에 조준할 때 이용하는 장치의 하나).

해바라기 1

삭은 역사 꾸러미와
(모든 우상과 연대표도 포함하자)
비루하게 흘린 땀에 절은
아버지의 남루를
형상과 다리만 달린 산 송장들과
그들이 다시 흘린 기름을
사르기 위하여
견디지 못하는
우리들의 스스로 산 비겁을 또한
속죄하기 위하여

그리고
풍성한 배를 어루만질 수 있는
새로운 아내들을 맞이하기 위하여

쑥을 버히고
새나라 머리 둘 곳
바로 그 뒤에서부터
해바라기 불을 지르리라

해바라기 2

해바라기꽃이
또 피었다

해바라기는
두터웁고 크다

길에 먼지가 일어
우리들의 눈이 멀어도

눈부신 해바라기꽃이
보아라 바람 속에서 탄다

아름다운 것에서도
해방된 사랑

해바라기꽃은
너의 정열을 비웃는다

아내여 그러지 말고 어서
해바라기 앞으로 돌아서라

태양이 닮았는데
크고 두터운 아내여

태양이 닮았는데
젖에 얹은 손을 떼어라

태양에 불이

해바라기 불이 붙었다

가까이 이리 가까이
그리고 땅에 흐르는 젖을 근심하지 마라

해바라기 3

해바라기는 차라리 견디기 위하여
해바라기는 차라리 믿음을 위하여
너희들의 미래를 건지기 위하여

무심한 태양이
사슴의 목을 말리고
수풀에 불을 지르고
바다 천심(千尋)[226]을 짜게 하여도

해바라기는 호을로
너희들의 타락을 거부하였다

---

226) 천 길이라는 뜻으로 매우 높거나 깊은 것을 말함.

모든 꽃이 아름다운 십자가에 속은 날
모든 열매가 여지없이 유린을 당한 날
그들이 모두 원죄로 돌아간 날

무도(無道)한 태양이
인간 우에 군림하고
인간은 또 인간 우에 개가(凱歌)227)를 부르고
이기려던 멍에냐 어깨마저 꺼져도

해바라기는 호을로
태양에 필적하였다

---

227) 개선가(싸움에서 이기고 돌아올 때 부르는 노래).

헌사[228]

─미소공동위원회(美蘇共同委員會)[229]에 드리는

화강석

천년 낡은 뜻은

산을 떠나

불기둥 됨이라

메어다 쌓아올린 성채(城砦)[230]

굽은 어깨로 늙은

인민의 땀은 숭늉이러니까

해에 저린

고마움이어

오장(五臟)[231]에 배이도록

---

228) 獻詞(지은이나 발행자가 그 책을 다른 사람에게 바치는 뜻을 적은 글).

229) 1945년 12월 모스크바삼상회의 합의에 의해 설치된 한국문제 해결을 위한 미소 양국 대표자 회의로 모스크바삼상회의 결정에 따라 한국 독립정부 수립 과정으로 임시 민주주의정부 수립을 위해 설립된 공동위원회이다.

230) 성과 요새를 통칭하여 이르는 말.

231) 간장, 심장, 비장, 폐장, 신장 등 다섯 가지 내장을 말한다.

천년을 가는 것을
천년을 가는 것은
청동(靑銅)만이오니까
꽃을 날리고
가시 돋음은
뿌리를 지킴이라
미음 같은 땀을 삼키며
굵은 뿌리로 헤아리는
조국의 흙이어

네 바람 속에
안식을 나르게 할
나래 돋치려

천년을 묵은 인민의 어깨라

이제 때 정(正)히 왔음은
보람 헛되지 않음이니
역사가 스스로 구을리고 또
떨어뜨리는 과실이라
새삼스러이
혈서(血書)를 써서 무삼하리오
산을 떠나 불기둥 되어
일어선 우람한
성채(城砦)는 바위라 그는 곧
인민공화국주권(人民共和國主權)이니

요마(妖魔)232) 물러섬을 이름이오

방위(方位)
바로잡힘을 고(告)함이라

내 다시
경건하게 이르거니와
팽배한 세계의 조수(潮水)[233]여
쓸리고 또 밀리는
민주주의(民主主義)의 흐름이어
네 바람 속에
깃들인 나래같이
활개 펴게 하여

232) 요망하고 간사스런 마귀.
233) 달, 태양 따위의 인력에 의하여 주기적으로 높아졌다 낮아졌다 하는 바닷물.
　　밀물과 썰물을 통칭하여 이르는 말.

천년 늙은
어깨를 가벼이 하라

설정식

(薛貞植, 1912~1953)

시인·소설가·평론가·정치가.

1912년 9월 18일 함경남도 단천 출생.

1919년 서울 상경.

1929년 보통학교 졸업하고 서울공립농업학교에 입학하였으나 광주
학생운동에 연루되어 퇴학당함.

1930년 만주 봉천으로 이주.

1932년 시 「거리에서 들려주는 노래」(『동광』) 발표

1932년 연희전문학교 별과에 입학 1933년 문학사학위 받음.

1935년 일본으로 건너가 상업학교에 편입하고 졸업한 후 본국에 귀
국해 연희전문학교 문과에 다님.

1936년 미국 오하이오주 마운트유니언대학에서 영문학 전공.

1938년 컬럼비아대학에서 2년간 연구생으로 셰익스피어를 공부.

1940년 귀국하여 광산·농장·과수원 등을 경영.

1940년 10월 평론 「현대미국소설」(『조광』) 발표.

1945년 8월 18일 결성된 조선문학건설본부 회원으로 참여.

1945년 11월 『동아일보』 복간문제로 교섭이 있던 미군정청에 들어가 공보처 여론국장으로 사회생활 시작.

1946년 9월 임화(林和)·김남천(金南天) 등의 권유로 조선공산당에 입당.

1946년 장편소설 『청춘』(『한성일보』, 1946.05), 『프란시스 두셋』(『동아일보』, 1946.12.13~22) 발표.

1947년 1월 남조선과도입법의원 사무직인 부비서장으로 재직하다가 8월 사직하고 문학가동맹 외국문학부장으로 활동.

1947년 시집 『종(鐘)』(백양사) 발간.234)

1947년 평론 「문학과 기교」(『중앙신문』, 1947.10.26) 발표.

1948년 평론 「여성과 문화」(『신세대』, 1948.02), 「시의 위치」(『신인』, 1948.03), 「실사구시의 시」(『조선중앙일보』, 1948.06.29~07.01) 발표.

---

234) 모두 4부로 구성되었으며, 모두 28편의 시가 수록되었다. 이 중 「시」·「묘지」·「샘물」·「가을」 등은 1931~35년에 발표된 짧은 서정시로 시적 화자의 주관적 감상을 표현한 것이고, 나머지 24편은 광복 후에 창작한 것들로 시인의 현실인식을 직접 드러내는 작품들이다. 또한 여기에는 장편소설 『청춘』의 한 부분인 「빛을 잃고 그 드높은 언덕을」이 실려 있다.

1948년 장편소설 『한 화가의 최후』(『문학』, 1948.04), 『해방』(『신세대』, 1948.12) 발표.

1948년 11월 영문 일간지인 『서울타임즈(The Seoul Times)』의 주필로 활동하다가 시집 『포도』(정음사)와 『제신의 분노』(신학사)235)를 발간했으며, 이후 『서울타임즈』가 폐간되고 체포령이 내려짐.

1949년 장편소설 『청춘(靑春)』(민교사) 발행.

1949년 역서 『햄릿』(백양당, 1949.09.30, 285쪽) 발행.

1949년 12월 보도연맹에 가입.

1950년 6·25전쟁이 발발하자 조선인민군 전선사령부 문화훈련국에 들어가 활동.

1951년 개성 휴전 담판 정전회담에서 인민국 대표단 통역원으로 통역 담당.

1953년 8월 6일 박헌영(朴憲永)·이승엽(李承燁) 등을 숙청할 때 미제스파이라는 죄목으로 사형.

---

235) 민족의 앞날에 대한 중후한 예언자적 목소리를 담은 시집이다.

설정식의 시에는 해방공간의 역사적 과제인 민족국가 건설이 중심주제로 설정되어 있다.

설정식의 창작 활동 시기는 1946년에서 1949년에 한정된 짧은 시기였다. 이 시기에 60편이 넘는 시와 세 권의 시집, 신문 연재를 포함한 다수의 장단편소설, 그리고 최초 한글 번역본 『햄릿』을 남겼다는 사실은 설정식이 대단한 지적 생산력과 활동력을 가지고 있음을 엿볼 수 있다.

식민지라는 민족 대혼란기에 중국·일본·미국[236] 등에서 최고의 교육을 받은 유일한 엘리트 설정식은 개신 유학자 집안 출신으로 한학에도 풍부한 소양을 가지고 있었다. 보통학교와 연희전문학교 외에 학업을 위해 떠돈 곳만 해도 중국 만주의 봉천과 천진, 일본 메지로 상업학교, 미국 오하이오주 마운트유니언대학과 뉴욕 컬럼비아대학 등이다.

그럼에도 불구하고 어떻게 하면 민족과 조국을 위해 최선의 길을 선택할 수 있을까 끊임없이 고민한 지식인이었다. 미국 유학이라는 경력으로 해방 후 미군정청 관리라는 실리적 지위를 가지고 있었음에도

---

236) 식민지 문인 가운데 보기 드물게 미국에서 문학(셰익스피어)을 전공하였다.

불구하고 조선문학가동맹의 맹원이라는 이념의 길[237]과 문인의 자리를 동시에 선택하였다.

설정식은 해방공간에서 추구한 민족과 진리와 자유를 추구했던 이념이 정체된 역사성 속에 침몰되어 감을 느꼈다. 하지만 설정식은 절망감으로 주저앉지 않았다. 오히려 개인을 초월한 민족적 현실을 과감하게 수정할 수 있는 강한 의지를 키웠다. 방황하는 역사 앞에 올바른 방향과 갈 길을 제시해줘야 하는 임무를 저버릴 수가 없었다. 그 길이 바로 사회주의적 민족주의나 계급사상의 실천적 노력이었던 것이다. 설정식의 시에 투영되어 있는 것은 주로 민족국가의 수립이라는 과제와 결부된 해방공간의 분위기와 그에 따른 시인의 사명감이다.

이렇듯 설정식은 해방공간의 시적 일반성과 지적 문학의 체험, 프롤레타리아 계급의식과 맞물려 진정한 사랑·자유·진리를 향해 이상적 민족성을 치열하게 노래했다. 그리고 자신의 다양한 체험의 세계와 민족의 당면한 문제점을 거리낌없이 시의 세계로 형상화해 놓았다.

---

237) 설정식은 '이념의 길'을 따라 선택한 북한에서 '반혁명분자'로 몰려 1953년 임화와 함께 사형을 당했다.

종(鐘)

1947년 백양사(白楊堂)에서 간행(46판, 152쪽)된 시집이다. 설정식의 첫 번째 시집으로 배정국(裵正國)이 장정하고 최재덕(崔載德)이 삽화를 그렸다. 책머리에 「세상을 떠난 사백(舍伯)의 머리맡에」라는 헌사(獻詞)가 있고, 1부에 「태양(太陽) 없는 땅」·「우화(寓話)」·「권력(權力)은 아모에게도 아니」·「종(鐘)」 등 10편, 2부에 「단장(斷章)」·「경(卿)아」·「사(死)」 등 5편, 3부에 「또하나의 다른 태양(太陽)」·「달」·「해바라기」 등 13편으로 모두 28편의 시가 실려 있다. 책 끝에는 지은이의 장편소설 『청춘(靑春)』의 일부분인 「빛을 잃고 그 드높은 언덕을」을 후기로 수록하고 있다.

설정식은 「종」에서 "내 간 뒤에도 민족(民族)은 있으리니/스스로 울리는 자유(自由)를 기다리라/그러나 내 간 뒤에도 신음(呻吟)은 들리리니"라고 표현함으로써 자유 획득을 위한 투쟁에서 민족의 인내를 감춘 것이자 그 극복의 의지로 '종소리'를 노래하고 있다. 즉, 밤을 지키고 새우는 것과 권력의 폭력에 신음하는 것이 '종의 운명'이며, 민족의 인종을 깊숙이 감춘 것이 '종소리'라는 의미가 담겨 있다.

큰글한국문학선집: 설정식 시선집

종(鐘)

ⓒ 글로벌콘텐츠, 2018

1판 1쇄 인쇄__2018년 04월 20일
1판 1쇄 발행__2018년 04월 30일

지은이__설정식
엮은이__글로벌콘텐츠 편집부
펴낸이__홍정표

펴낸곳__글로벌콘텐츠
     등 록__제25100-2008-24호
     이메일__edit@gcbook.co.kr

공급처__(주)글로벌콘텐츠출판그룹
     이사__양정섭   기획·마케팅__노경민   편집디자인__김미미
     주소__서울특별시 강동구 풍성로 87-6(성내동) 글로벌콘텐츠
     전화__02-488-3280   팩스__02-488-3281
     홈페이지__www.gcbook.co.kr

값 22,000원

ISBN 979-11-5852-183-7 03810